Les Voltigeurs du Mont Saint-Jean

Roman historique

Jean–Marc Becquet

Dépôt légal avril 2018, ISBN : 979-10-94133-27-9

JMB EDITIONS

Couverture © **Matthias Becquet**

Prix 9,50 €

« L'Angleterre est un pays extraordinaire, ils sont complètement fous. Chez nous, toutes les rues portent des noms de victoire : Wagram, Austerlitz, Iéna…tandis que chez eux, ils n'ont choisi que des noms de défaites : Trafalgar Square, Waterloo… »

Alphonse Allais.

« L'Histoire est une suite de mensonges, sur lesquels on est d'accord. »

Napoléon Ier, dit après le 18 juin 1815.

« La bataille de Waterloo est une énigme. Elle est aussi obscure pour ceux qui l'ont gagnée que pour celui qui l'a perdue. Ce fut la prodigieuse habileté du hasard. »

Victor Hugo.

C'est en découvrant un ancêtre, Ferdinand Desmullier, conscrit à partir de 1809, et faisant partie de la garde impériale, que je me suis imaginé sa vie, ou plus exactement la vie de ces régiments d'élite qui adulaient l'Empereur et l'auraient suivi jusqu'au bout de l'enfer, c'est-à-dire dans toutes les batailles, et notamment la dernière.

On les appelait les « immortels ».en les voyant, les régiments étrangers reculaient et se sauvaient, jusqu'au jour où…les « immortels » reculèrent, pliant sous le nombre.

Des milliers de livres ont été écrits sur Napoléon, sur l'Empire, sur les campagnes militaires, et sur Waterloo. Je n'avais aucune envie de me substituer aux innombrables historiens bien plus documentés que moi, et qui ont souvent tout expliqué.

Je voulais décrire la vie de ces soldats de la garde impériale, de ces « grognards ». Puis, en me documentant, je me suis aperçu que cette bataille était incompréhensible.

Par trois fois, le désastre et la défaite furent du côté des forces anglo-hollandaises. Même avec l'arrivée de l'avant-garde de Blûcher, là où on attendait Grouchy, l'armée française faisait plier la coalition. Le dimanche 18 juillet en fin d'après-midi, voici ce qu'en disait le général Gourgaud, principal aide de camp de l'Empereur, qui le suivit à Sainte Hélène, avant d'en partir en 1818 afin de parcourir l'Europe pour dénoncer les rigueurs et les vexations faites à Napoléon.

« À 5 heures, nous étions victorieux, à six, nous étions défaits. Blücher avec toute son armée avait repris le village de la Haie. Une partie de nos troupes était séparée du corps principal, la panique s'empara des régiments, on ne pouvait plus rien contrôler. Cela se comprend aisément, nos troupes stationnées à la droite de la ligne avaient cru que c'était l'armée de Grouchy qui arrivait pour les aider. Au lieu de cela, les troupes de Blücher les attaquèrent férocement, ils se crurent trahis, toujours ce sentiment qui plana durant toute la bataille, et au lieu de se retirer dans l'ordre, protégeant les autres régiments, ils se disloquèrent et prirent la fuite, entraînant, petit à petit toute l'armée dans un vaste mouvement de panique. Hormis la garde, une grande partie des autres régiments se disloquèrent. Les quatre régiments de la vieille garde qui faisait route pour nous renforcer, durent prendre position sur la droite pour éviter que les troupes venant de la Haie ne soient détruites par les Prussiens. »

Si la retraite de l'armée britannique s'était déroulée un plus tôt dans la journée, la victoire était assurée, mais voilà, Wellington avait placé ses troupes sur un plateau, une seule chaussée pour la retraite, la droite flanquée par un ravin, la gauche par les hauteurs de la Haie. C'est à cause de cette position que les Britanniques ne pouvant reculer continuèrent à se battre, et permirent à l'armée prussienne de les rejoindre.

Victor Hugo la décrit comme la victoire des médiocres, « la bataille du premier ordre, gagné par un capitaine du second ».

Chapitre 1. Hôtel des Colonnes, Mont Saint-Jean. Mai 1860.

On frappa à la porte de la chambre.

– Entrez !

L'homme se leva du petit bureau de cette chambre un peu austère, pour aller accueillir son visiteur. Celui-ci entra, un peu intimidé.

– Bonjour, Monsieur Desmullier, merci d'être venu et de pouvoir m'aider.

– Monsieur Hugo[1], c'est un honneur de vous rencontrer !

– Vous venez de loin, vous devez être fatigué.

– Non ! Vous savez la ville de Wattrelos est à une vingtaine de lieues d'ici. Les parcours en diligence entre Lille et Bruxelles se font tous les jours. Le départ est tôt le matin, le soir on arrive sur la place de Bruxelles. Le cocher s'est arrêté ici, au carrefour du Mont-Saint-Jean. Il m'a dit descendre souvent des voyageurs qui dorment dans cet hôtel des Colonnes, à quelques lieues de la capitale.

– Merci de venir ici, au Mont-Saint-Jean, sur le lieu de la bataille. Comme vous le savez, je suis toujours en exil, et ne peux rentrer en France depuis le coup d'État de Napoléon le

[1] Séjour de Victor Hugo en mai juin 1860 au Mont-Saint-Jean à l'hôtel des Colonnes, il y finit son roman « Les Misérables ».

petit. Cela fait presque dix ans. Je me partage entre l'île de Guernesey et la Belgique. J'ai refusé l'amnistie de cet usurpateur. On ne peut, au bout de tant d'années, absoudre des innocents, gracier des assassinés, et pardonner aux victimes du bourreau. Je rentrerai en France, quand la liberté y rentrera. Et puis, je me sens bien dans mon exil, apaisé, pouvant me consacrer à l'écriture. Je viens de terminer « La légende des siècles »[2], j'écris mon prochain.

– Avez-vous le titre ?

– Je crois que je l'appellerai « Les misérables »[3]. Dans l'un des tomes, je vais décrire la Bataille de Waterloo[4].

– Sauf votre respect, Monsieur Hugo, il n'y a qu'en Angleterre et en Belgique que l'on nomme cette bataille comme cela. Et cela à cause de Wellington, il a rédigé sa missive de victoire à partir de son quartier général situé sur la commune de Waterloo. En France, on continue à l'appeler la « bataille du Mont-Saint-Jean », du nom du lieu où se sont déroulés les combats les plus importants du 18 juin, et telle que l'Empereur la nommait dans ses mémoires. On m'a dit qu'en Prusse, on l'appelait la « bataille de la Belle-Alliance », du nom de l'auberge où les deux généraux

[2] Paru en 1859.
[3] Il paraîtra en 1862.
[4] Tome 2, Cosette.

Wellington et Blücher se sont rencontrés à la fin de la journée.

– Vous voyez, vous avez beaucoup à m'apprendre !

– Il n'y a pas d'honneur à cela, Monsieur Hugo, c'est mon oncle qui m'a tout appris. Je l'ai tellement entendu en parler. Et pas toujours, de la façon dont en parlent les historiens dans leur livre. Ensuite, j'ai fait mes recherches, j'ai interrogé des témoins.

– Racontez-moi !

– Mon oncle, Ferdinand Desmullier est né en 1789, le 17 septembre quelques jours après le début de…, le début de la liberté. Notre famille vit sur la commune de Wattrelos, près de la frontière belge. Ironie du hasard, le nom de notre bourg vient du flamand, waterloos, qui signifie prairie ou clairière humide, comme le nom de ce village maudit. Son père, donc mon grand-père, était tisserand. Lui était né à Estaimpuis, une petite ville de la Belgique Wallonne. Enfin à l'époque, au siècle dernier, c'était encore un pays sous la tutelle des Pays-Bas autrichiens. La famille y était établie depuis des générations. Certaines branches sont ensuite venues s'installer à Wattrelos, à quelques kilomètres, une ville Française depuis 1667. Vous savez dans la région, il n'y a pas de frontière précise. Ensuite, en 1809, à vingt ans, Ferdinand est devenu l'un des conscrits de la Grande Armée.

– Comment cela se passait-il ?

– C'est sous le Directoire, m'a-t-on dit, que cette conscription s'est installée en France. Mais on les appelait alors, les « défenseurs de la patrie », cela passait mieux que les conscrits. On appelait les citoyens d'une même classe d'âge, et on les recensait. Ensuite, ils tiraient un numéro, et en fonction des effectifs fixés pour le canton, s'il tirait un numéro supérieur, ils étaient exemptés, sinon ils partaient rejoindre l'armée. Beaucoup étaient appelés à servir, mais peu servirent réellement. Après, il y eut les levées successives de l'Empereur, la première fut en 1805, les conscrits vinrent grossir les effectifs du camp de Boulogne. L'invasion de l'Angleterre se préparait. C'est à ce moment qu'on a commencé à parler de la Grande Armée. Dans une missive, il parla au Maréchal Berthier de cette troupe qui devait quitter le camp de Boulogne pour partir vers les rivages du Rhin. Après, les bulletins racontèrent les exploits de celle-ci lors des batailles : Ulm, Austerlitz, Iéna, Eylau, Friedland, le « bulletin de la Grande Armée », le mythe naissait.

– Il n'a pas connu ces campagnes ?

– Non, il a été enrôlé lors de la campagne d'Autriche en 1809, à 20 ans. On avait besoin de reconstituer des troupes. Il a incorporé ensuite en 1810, le 3ᵉ régiment de voltigeur de la jeune Garde, qui venait de se constituer. Il a participé à la victoire de Wagram, mais aussi à la retraite de Russie, puis à la campagne de France en 1814. Que de victoires, trop vite oubliées, les Français combattaient à 1 contre 5, seuls contre toute l'Europe. Puis, lors de la campagne de Belgique, durant les cent jours, il a retrouvé son cousin, Pierre Desmullier. Il était le petit-fils de mon grand-oncle. Lui, il habitait Herseaux, une petite commune belge, située à moins d'une lieue de la frontière. Il avait été conscrit au début de 1813, toujours pour reconstituer les régiments décimés par les campagnes.

– Un des nombreux Belges de l'armée de Napoléon !

– Non, Monsieur Hugo, un Français ! En 1813, la région de la Flandre Occidentale qui bordait la mer, et avait pour capitale Bruges, c'était le département français de la Lys, créée en 1795 par la Convention. Toute la Belgique actuelle a été française durant 20 ans. Ensuite, après la première abdication de l'Empereur, en avril 1814, ils furent démobilisés. Ils regagnèrent leurs villages, trop contents d'être tous les deux vivants.

– Ils en voulaient à l'Empereur ?

– Non ! Quand mon oncle en parlait, bien plus tard, c'était un dieu vivant. Et puis pour lui, s'il avait perdu, c'était à cause de la trahison des autres.

– Les autres ! Quels autres ?

– Murat ! Monsieur Hugo. Murat qui avait signé un armistice avec les Anglais au début de 1814, et avait fourni 30 000 hommes à la collation en contrepartie de garder son trône de Naples que l'Empereur lui avait donné. Bernadotte, qui sans l'Empereur ne serait jamais devenu Prince de Suède et Roi ensuite. Il commandait l'armée du Nord en 1814 de la coalition contre la France, avec 180 000 hommes. Talleyrand, qui, en secret, négociait déjà avec les coalisés, afin de devenir le Président du gouvernement provisoire en attendant le retour des Bourbons, Fouché qui complota la fin de l'Empire, dès le retour de l'île d'Elbe. Et ce militaire, le général Marmont, qui négocia directement avec l'ennemi au printemps 1814, et livra tout son corps de troupe, en quittant Paris, laissant les Russes et les Autrichiens entrer dans la capitale privant ainsi l'Empereur de poursuivre sa campagne, l'obligeant à abdiquer et à partir pour l'île d'Elbe. On raconte qu'il fit partir ses troupes de nuit, avec l'aide du général Souham vers la Normandie pour échapper à l'autorité de Napoléon, en cachant la vérité à ses soldats, et leur disant qu'il agissait sur ordre de l'Empereur. Seuls les officiers supérieurs étaient informés. Les hommes de troupe de son armée, le lendemain matin, quand ils découvrirent que les ennemis les encerclaient, crièrent à la trahison. Les officiers français complices durent se réfugier au sein des bataillons prussiens pour échapper à la colère de leurs troupes. Il s'agit bien là d'une fourberie, passible de la peine de mort en temps de guerre, il avait livré ses troupes à l'ennemi.

– Est-on certain de cela ?

– Monsieur Hugo, au retour de Louis XVIII, lors de la restauration en juin 1814, il devint Major-Général de la Garde Royale, et Pair de France. Quand l'Empereur revient un an plus tard, il se sauva dans les bagages du Roi, et se réfugia à Gand. Pourtant, il était attaché depuis 1793, au Général Bonaparte depuis le siège de Toulon. Il l'avait suivie partout, puis il l'a trahie.

– Je crois que Napoléon a dit de lui que c'est la vanité qui l'a perdue. Et comme il était Duc de Raguse, c'est pour cela que l'on continue à parler de « raguser », quand on veut dire trahir ! Vous disiez qu'ils ont été démobilisés !

– Oui, au printemps 1814. Mais un an plus tard, au retour de l'île d'Elbe, ils ont quitté tout de suite leur village dès l'appel du 28 mars, qui invitait les anciens soldats à rejoindre leurs régiments. En tant que vétérans, ils se sont retrouvés dans la Garde impériale, ne quittant plus l'Empereur lors de la campagne de Belgique.

– Que disait votre oncle de la Garde ?

– Il était fier ! Il avait intégré la jeune Garde, celle créée par le décret impérial de décembre 1810. Napoléon avait besoin de reconstituer son corps d'armée d'élite, il créa donc trois troupes, la jeune, la moyenne et la vieille, en fonction du nombre d'années de service. Les officiers étaient choisis parmi les vétérans des campagnes impériales, les soldats, parmi les conscrits les plus forts et les mieux aguerris. Mon oncle me racontait que les châtiments corporels étaient interdits. Ils s'appelaient « monsieur ». Le port de la moustache était obligatoire, et il fallait mesurer 1 m 73 au minimum. Ils devaient porter les cheveux longs en deux tresses nouées sur la nuque, poudrées de blanc et attachées par un cordon et une médaille frappée de l'aigle impérial. Comme tous ceux de la Garde, il avait un anneau d'or à chaque oreille, la taille d'un écu. Ils devaient savoir lire et écrire. C'est ainsi que mon oncle a consigné ses souvenirs au jour le jour.

– On dit que l'Empereur les favorisait.

– Oui, il était particulièrement bienveillant avec sa garde. Il savait utiliser des gestes et des symboles qui les galvanisaient. Le tirage d'oreille tout en disant : « je suis content de vous », la remise de sa propre Légion d'honneur à l'un des soldats qui s'était comporté en brave sur le champ de bataille, c'était pour celui-ci une récompense suprême, plus importante que tout.

– Il était à Waterloo ?

– Oui, avec son cousin, derrière l'Empereur, au lieu-dit de la Haie-Sainte, près de la ferme du même nom. C'était là, le centre du dispositif de Napoléon. Il était dans l'un des deux régiments de voltigeurs de la Jeune Garde qui étaient disposés avec les autres régiments de la Vieille Garde, pour appuyer la cavalerie de Ney. Ils ont reçu l'ordre d'attaquer, ils se sont mis en ligne et sont partis. Mon oncle fut l'un des rares survivants.

– Tout perdre en une journée ! Tout perdre en une défaite !

– Non, Monsieur, la bataille a duré quatre jours, ce fut la campagne la plus courte et la plus meurtrière de l'Empereur. Il y eut deux victoires, les 15 et 16 juin, et une défaite, le 18, mais elle n'était pas une fin en soi, l'Empereur souhaitait continuer à s'opposer à la coalition sur le sol français, mais on ne le laissa pas poursuivre.

– Racontez-moi.

– Pour bien comprendre, il faut se souvenir de ce que disait l'Empereur. Son plan de bataille était parfait, aller droit au centre des alliés, couper leurs lignes en deux, pousser les Anglais vers Bruxelles, puis vers la mer, enfoncer les Prussiens, pour qu'ils se réfugient vers le Rhin et la frontière allemande. Mais rien ne se déroula comme prévu. Et le hasard, plus les désertions, les incompétences et les trahisons de quelques-uns firent le reste. Tout commença le 15, quand Napoléon franchit la Sambre à Charleroi…

Chapitre 2. Pont de la Sambre, Charleroi.

Le Jeudi 15 juin 1815, 9 heures.

Ma garde a franchi la Sambre, le sort en est jeté. Je vais leur montrer comment il faut se battre, et je vais les battre. La dissimulation des troupes à la frontière a été une réussite. Elles ont campé hier sur les routes de Philippeville, Maubeuge et Beaumont, derrière des bois et des monticules. J'ai laissé ma berline, je suis à cheval pour voir passer les régiments.

On les a recensés, 122 400 hommes, et 350 bouches à feu. Ma gauche, forte des corps d'armée des généraux Reille et d'Erlon, 40 000, le centre que je commande avec les 4e et 6e corps des généraux Gérard et Lobeau et la Garde, près de 60 000, et mon aile droite, avec le corps d'armée du général Vandamne et une division de cuirassiers. Je sais que le total des armées ennemies dépasse les 700 000 hommes, mais ils sont dispersés. Les Britanniques sont près de Bruxelles, 100 000 commandé par ce Wellington, les Prussiens sont aux Pays-Bas, non loin d'ici, mais dispersé le long de la Meuse, en plusieurs forces, 135 000 du côté de Fleurus, Namur, Liège, les Russes occupent le Rhin moyen, 225 000 et les Autrichiens 250 000 divisés en deux corps, le Haut-Rhin, et l'Italie. Si j'attends, ils vont se regrouper et me battre. Il faut que je prenne les devants. Ils ne peuvent démarrer l'offensive que vers la mi-juillet, il ne faut pas attendre. J'ai un mois d'avance pour battre les Britanniques et les Prussiens, ensuite, je verrai. Dommage que la Vendée s'est de nouveau soulevé, cela me bloque 20 000 hommes dans l'Ouest, j'en aurai eu l'utilité ici.

On a perdu du temps sur ce pont de Charleroi, la cavalerie de Pajol[5] a été retenue trop longtemps. Ce matin, à 9 heures, il était avec son Ier régiment de Hussards à combattre les

[5] Général de Cavalerie.

tirailleurs prussiens, retranchés dans les maisons et derrière cette barricade. Il a dû attendre l'infanterie de Vandamne. Car celui-ci a levé ses bivouacs quatre heures trop tard. J'avais été informé de ce retard, et c'est moi que vit arriver Pajol avec les marins et les sapeurs de la jeune Garde de Duhesme[6]. J'avais dit à celui-ci de se porter avec sa division sur le pont par un chemin de traverse et de basculer cette barricade. Cela a été fait, et les escadrons de la cavalerie ont pu s'élancer, traverser cette rivière, et partir au galop dans la rue escarpée qui traverse la ville du sud au nord. J'ai demandé à Pajol de détacher un régiment de Hussards sur la route de Bruxelles pour nous prémunir d'une attaque sur le flanc gauche et de poursuivre avec le gros de sa cavalerie sur la route de Fleurus, où les Prussiens, qui fuient la ville, opèrent leur retraite. Je suis passé, entouré de ma Garde peu après midi.

Gourgaud[7] est toujours présent à mes côtés, j'ai confiance en lui.

– Sire, que prévoir pour la halte de ce midi !

– Renseignez-vous, je vais aller me restaurer, là où Zieten[8] devait aller.

---

[6] Général d'Empire, commande la Jeune Garde.
[7] Colonel et premier officier d'ordonnance de l'Empereur durant la campagne, il le suivit ensuite
[8] Commande le Ier corps d'armée prussien.

Je vais manger rapidement, et on va se remettre en selle pour prendre la route de Bruxelles, c'est la rapidité qui peut de nouveau me sauver.

– Tu es sûr, Ferdinand !

– Oui, Pierre, j'ai entendu Duhesme en parler à son état-major, je montais la garde devant la tente. Le général Bourmont a rejoint l'ennemi. Il commandait la 14ᵉ division sous les ordres du général Gérard. Il a quitté son poste au petit matin, comme s'il allait en reconnaissance. Des chasseurs à cheval l'accompagnaient pour le protéger, il les a renvoyés, et a filé droit vers les avant-postes de l'ennemi, avec cinq officiers. Les chasseurs stupéfaits, ont pu le voir dialoguer avec les sentinelles et disparaître derrière leurs lignes.

– Il va dévoiler nos plans ! L'Empereur est informé ?

– Oui ! Duhesme disait qu'il allait nous faire perdre l'avantage de la surprise en dévoilant nos plans. L'Empereur a alors changé quelques dispositions dans l'ordre de marche. Il a dit aussi « ceux qui sont bleus sont bleus, ceux qui sont blancs sont blancs »

– Que signifient ces mots ?

– Bourmont est un ancien chouan, un royaliste, un « blanc ». Il s'est rallié à l'Empereur que bien plus tard. Il avait été arrêté en 1801 sur ordre de Fouché, s'était évadé et était revenu en France en 1808. C'est sur recommandation de Ney qu'on lui a attribué un commandement.

– Le prince de la Moskova[9] ne doit être à l'aise !

– Non, d'autant qu'il est en retard pour prendre son commandement, ce qui a agacé l'Empereur ! On a dit qu'ils étaient fâchés. Il a été appelé au dernier moment pour prendre le commandement de notre aile gauche, mais il va arriver sur le tard pour marquer son mécontentement.

– Bon, on va devoir déloger ces Prussiens, Ferdinand. Ils ont l'air d'être bien retranchés derrière cette barricade.

– On suit de près les sapeurs avec leurs haches. Tu vas voir, ils vont pulvériser leurs abris en peu de temps, à nous de faire le reste. Quand je pense que l'on est à 30 lieues[10] de chez nous. En deux jours, on y est.

– Tristesse ou nostalgie ?

– Ni l'un, ni l'autre, Pierre, juste le besoin d'embrasser ma mère, Marie. Elle est seule depuis plus de 20 ans, le

---

[9] Autre titre du Maréchal Ney.
[10] 120 kms.

père est mort en 94. Heureusement, j'ai mon grand frère Jean-Baptiste qui l'a recueillie, elle se fait vieille, elle a eu 73 ans. Non, ni tristesse, ni nostalgie, le métier de journalier que je faisais depuis l'âge de 12 ans ne m'a apporté que misère et malheur. Ici, dans la garde, je suis considéré, on m'appelle Monsieur. On risque notre vie chaque jour, mais si je meurs, je mourrai avec dignité, entouré d'amis, de frères d'armes. Alors, tu penses bien, ma vie est ici aux côtés de l'Empereur.

– Comme moi, dès que j'ai appris fin mars, j'ai rejoint Paris. Ensuite, avec le décret impérial qui créait ces régiments de Voltigeurs de la jeune garde impériale avec des conscrits, je me suis porté volontaire. Quelle surprise et quelle joie de te voir dans ce 3e régiment. Du coup le sous-officier recruteur m'a affecté aussi dans le régiment.

– Oui, j'étais heureux de te voir arriver, sous le même uniforme de Voltigeur. Moi, j'ai été affecté dans ce régiment en 1810, un an après sa création. Campagne de Russie, de Saxe, de France, et maintenant celle-ci. Si tu savais le crève-cœur lors de sa dissolution en avril de l'année dernière après qu'il ait abdiqué, on pleurait comme des gosses.

– Tout est fini, il est là de nouveau. On n'a pas traîné, le 7 juin à Paris après la distribution de tout l'équipement, le

10 à Soissons, le 13 à Avesnes, et nous voici sur la Sambre. Tu connais notre chef de régiment, le général Hurel ?

– Un brave ! Grenadier, simple soldat en 1795, il est passé par tous les grades, de sous-officier et d'officier, Légion d'honneur, puis général, chef de bataillon, baron. Ce n'est pas lui qui trahira l'Empereur, tu peux en être sûr !

Chapitre 3. Route de Gilly, Charleroi.

Le jeudi 15 juin 1815, 14 heures.

Nous sommes à la sortie de Charleroi. À droite, la route de Gilly. La vue est dégagée, la vallée est vaste. Je pousse mon cheval blanc pommelé, au pas et un peu dans toutes les directions. Il faut que je me rende compte de l'état du terrain, je suis certain que l'on va se battre dans peu de temps sur ces sols. Je vois des habitants de Charleroi, de plus en plus nombreux venir vers nous.

– Votre nom ?

– François Quinet[11]. Je voulais venir vous acclamer avec tous mes compatriotes. Vous avez chassé les Prussiens. Si vous saviez comme ils ont été odieux avec nous.

J'ai soif, on m'apporte une bière de ce cabaret près de la route, et dénommé, *La belle-vue*. C'est vrai que la vue est belle, on aperçoit au loin, la campagne wallonne. Mais c'est mon Maréchal, prince de la Moskova qui arrive là, et sur une charrette de paysan, et sans état-major !

[11] François Quinet : « Il n'y avait nulle troupe, nulle sentinelle. J'ai vu depuis, à Charleroi, le Roi de Hollande, et le Roi Léopold. Je les ai vus de près. Ils m'avaient adressé la parole. Je ne me ressentais nullement ému. C'étaient des hommes comme nous le somme tous. Mais devant Napoléon, je me sentais troublé et petit, petit. »

– Et bien, Monsieur le Maréchal, votre protégé, Bourmont, dont vous me répondiez sur votre honneur, et que je n'ai employé qu'à cause de votre sollicitation, il est passé à l'ennemi !

– Sire, il me semblait si dévoué à votre Majesté, que nul autre à ma place n'aurait hésité à en faire son garant !

– Vous êtes en retard !

– Sire, une crise de sciatique sur la route à Beaumont m'a retardé.

– Vous allez prendre le commandement des corps d'armée de Reille et d'Erlon du flanc gauche.

– Quels sont les ordres, Sire.

– Vous foncez tête baissée sur tout ce que vous allez rencontrer, et vous prenez position avec vos 40 000 hommes au-delà des Quatre Bras[12]. Vous connaissez ?

– Sire, j'ai combattu en 95, dans le pays. Comment ne pas le connaître, c'est la clé de tout !

– Et bien, ralliez la position, élevez des redoutes, tenez ferme. Envoyez de fortes avant-gardes sur les routes de Bruxelles et de Namur. Tout doit être terminé pour minuit au plus tard.

---

[12] Carrefour routier de la commune de Genappe, à 34 kilomètres de Bruxelles, il croise les routes Est-Ouest et Sud-Nord du pays. Si le carrefour est pris, aucun déplacement ennemi ne peut se faire.

– Fiez-vous à moi, Sire, tout sera terminé dans deux heures !

– Travail fini et au pas de course ! Tu n'as rien Pierre !

– Non, mais j'ai entendu siffler les balles. Un moment, je me suis retrouvé presque entouré des soldats de Zieten.

– Ils ont battu en retraite, pour couper le pont, et le faire sauter, heureusement, la cavalerie de Pajol a été plus rapide, et on a pu l'occuper. J'ai vu l'Empereur le franchir tout de suite après.

– Je l'ai vu aussi, il est passé près de moi, il nous a souri. Mais il semblait préoccupé.

– Tu sais ce que l'on raconte. Il paraît qu'il s'en veut de ne pas avoir mis en retraite tous ses Maréchaux.

– Comme Soult ! Pourquoi l'avoir nommé Major-Général de l'armée ? Tout le monde connaît son ralliement rapide et enthousiaste aux Bourbons. Ministre de la guerre du gouvernement de Louis XVIII, on s'en souvient au sein de l'armée. Comme de la proclamation qu'il a faite aux troupes, il y a trois mois, pour qualifier l'Empereur d'usurpateur et d'aventurier.

– Notre adjudant a entendu l'Empereur dire qu'il devait son retour aux peuples des villes et des campagnes, aux soldats, aux sous-officiers et aux lieutenants, et qu'il ne pouvait compter que sur eux ! On dit qu'il se plaint de ses maréchaux qui ne sont jamais à leurs postes avec leurs troupes, qui préfèrent les longues nuits dans des lits moelleux, et que les fatigues de la guerre sont maintenant trop fortes pour ces gens ramollis.

– Pourquoi, il ne les remplace pas par des jeunes généraux ou des fidèles, sortis du rang comme Hurel ?

– Tu as raison, Pierre, tous ces chefs ont été refroidis par les événements de l'année dernière, et je suis sûr qu'ils reprochent à l'Empereur de les avoir dérangés dans leur existence tranquille et leur repos de civil. En plus, cette inactivité leur a fait perdre la résolution et l'audace qu'ils avaient avant. Pour nous, ce n'est pas pareil, dès la démobilisation, on a dû reprendre le travail dans les fermes.

– Sais-tu Ferdinand, que j'ai rencontré une petite là-bas, Nathalie.

– Dans ton village d'Herseaux ?

– Non, elle est née à Lannoy du Nord[13]. J'avais repris mon ancien métier de valet de ferme, elle est servante dans la ferme de Neuville.

– C'est près de chez moi. Je la connais peut-être !

– Nathalie Destailleur, quinze ans. Elle m'a promis de m'attendre, et on se marie à ma prochaine permission. Ses parents sont d'accord, ce sont de fervents admirateurs de l'Empereur, alors tu penses, voltigeur dans la Garde impériale, ils sont fiers, presque aussi fiers que mes parents.

– Bon, alors, il va falloir que je te surveille encore plus, que tu ne prennes pas de risques inutiles. Quelqu'un t'attend !

– Et toi ?

– Oh, moi, c'est une longue histoire, j'allais me marier il y a deux ans, quand je suis rentré de la campagne de

---

[13] Nom de la ville durant la révolution, qui restera quelques années dans le langage.

Russie, mais elle ne m'avait pas attendu. Je te raconterai un jour. Allons, on nous donne l'ordre de reprendre la route de Gilly. Allons-y !

Chapitre 4. Route de Gilly, Charleroi.

Le 15 juin 1815, 16 heures.

Les troupes de Zieten se sont regroupées sur la commune de Gilly. Mes éclaireurs l'ont confirmé, peut-être 10 000 hommes. Il est favorisé par le terrain. Je suis toujours obligé d'attendre cet incapable de Vandamme. Il devait partir à trois heures, déboucher à Charleroi à neuf heures. On me dit qu'il venait à peine de franchir la ville. Je lui ai fait donner l'ordre de ne pas s'arrêter, de faire route sur Gilly, de prendre la position quoiqu'il arrive, de chasser les régiments prussiens et de les repousser au-delà de Fleurus.

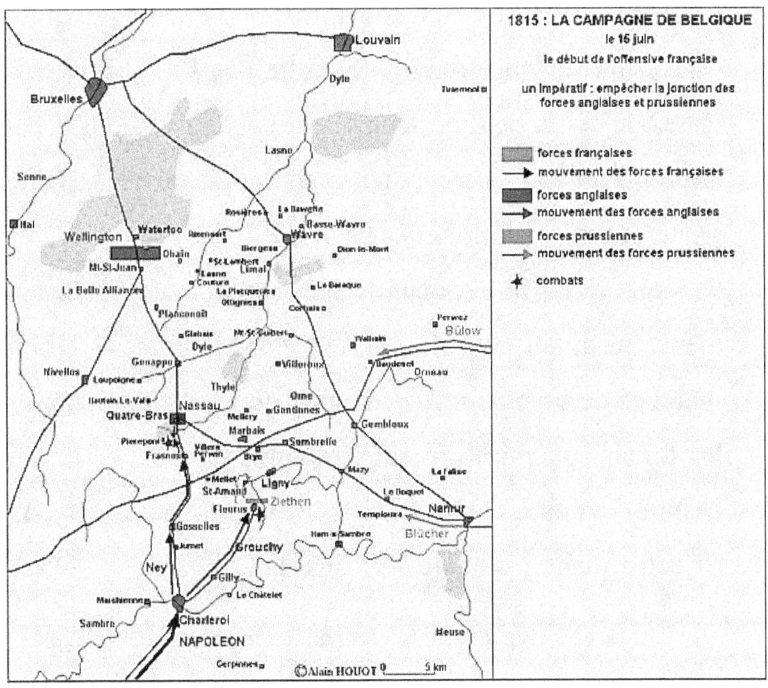

J'avais envoyé des estafettes, avant l'arrivée de Ney, ordonner à Reuille et d'Erlon de se porter sur Gosselie par une route de traverse et de prendre la route de Bruxelles sans s'arrêter. Je vais attendre que Ney y arrive , et je prendrais la route de Fleurus, poursuivre Ziette, et battre cette partie de l'armée prussienne.

– Sire, ils vous attendent !

– Qu'attendent-ils ?

– Vos ordres, Vandamme et Grouchy sont en deçà de Gilly, ils pensent que toutes les forces de Zieten sont devant eux.

– Je ne leur demande pas de penser, mais d'être sûr. Letort[14], venez avec moi, on va reconnaître.

Je suis sûr que seule, une partie des Prussiens verrouille cette route. On perd du temps, et l'ennemi va nous échapper, alors qu'on avait l'avantage, mais ils ne savent qu'attendre, ils ne prennent plus de risques.

Voilà ce qu'ils auraient dû faire, prendre un guide pour les mener jusqu'au point le plus élevé de la contrée. Gravir les marches de ce moulin à vent, et avec leur lunette, considérer les forces ennemies présentes, comme je viens de le faire, et ensuite prendre les décisions rapides pour le combat. Effectivement, juste une avant-garde !

[14] Aide de camp de l'Empereur et commandant des dragons de la Garde.

– Letort, vous prenez mes escadrons de service, vous chargez et enfoncez tout cela. Devant nous, il n'y a qu'une petite parte du I^e corps de Zieten.

– Gourgaud, quel est le nom du propriétaire de ce moulin ?

– Monsieur Lambert, Sire !

– Faites-le venir.

Il faut que je rassure les populations, et que je me rende compte de leur état d'esprit.

– Vous me demandez, Sire !

– Oui, Monsieur, sachez que je fais la guerre aux Anglais et aux Prussiens, je ne la fais pas aux Belges, ils me sont toujours restés fidèles. D'ailleurs, les Belges sont Français.

– Nous savons cela, votre Majesté, voulez-vous une collation, de quoi vous restaurer ?

– Non, merci, pas pour moi, mais pour les officiers qui m'accompagnent, ils sont jeunes, ils ont de bons estomacs[15].

Voilà, Les Prussiens sont en train de battre en retraite, ils reculent. Ils se font sabrer, et sont disloqués.

– Remontons en selle, on va renforcer Letort !

Me voilà acclamé par cette foule ! Et mon escorte qui essaye de les refouler durement ! Ils ne comprennent pas qu'il faut s'adresser à eux, c'est ce peuple qui souvent

[15] Conversation authentique.

constitue nos armées. Les rangs de ces femmes ne bougent pas. Il faut que je leur parle.

– Retirez-vous, les bonnets blancs, on va tirer ! Vous allez être blessés.

Nous voici sur le terrain, l'ennemi s'affole, court dans tous les sens. Ils sont défaits. Letort tombe de son cheval, il a été atteint, près de moi. Je crie.

– Que nul Prussien ne rejoigne leur chef Blücher !

– Tu te rends compte, Pierre, il faut que l'Empereur lui-même, aille se rendre compte des positions ennemies, alors que deux de ses plus importants généraux, Vandamme et Grouchy, attendaient Dieu sait quoi ! Et qu'il s'engage lui-même dans le combat avec ses dragons pour renforcer le centre.

– C'est vrai que le général Letort, est gravement blessé ?

– Durant la charge, il a sabré avec les compagnies, a enfoncé les carrés d'infanterie. On dit qu'il a détruit un régiment entier, mais il a reçu une balle au bas-ventre.

– Quand je pense que l'on dit dans la ligne[16], que la garde se bat rarement ! Tu vois, Ferdinand, je disais la même chose quand je combattais au 112ᵉ régiment d'infanterie.

– Il est vrai que l'on est toujours servi avant les autres, nos tenues sont plus belles et plus adaptées à la marche. Nos armes sont de meilleure facture. Parfois, les régiments de ligne meurent de faim, mais nous, on reçoit quatre jours de vivre, toujours.

– Tu sais, qu'on vous appelait les « immortels ». Non, parce que vous étiez des braves, mais parce que vous vous battiez rarement.

– Dis donc, Pierre, tu en fais partie de ces immortels, maintenant ! Avoue aussi que lorsqu'on rentre dans la bataille, cela décide toujours de la victoire.

---

[16] Il existait une jalousie certaine des régiments de ligne vis-à-vis de la Garde Impériale.

– Oui, c'est vrai, et j'en suis fier ! Tes galons de caporal te vaudraient tout de suite un rang supérieur dans la ligne.

– Je n'ai pas envie de partir dans un régiment de ligne, fût-ce dans un grade supérieur.

– Je dois te narrer une anecdote Ferdinand, que j'ai vécue, c'était durant la campagne d'Allemagne en 13, à Lutzen. Nous étions en marche, devant nous un fourgon attelé de quatre mulets cherchait à traverser le régiment. Chacun d'entre nous prenait plaisir à empêcher ces braves bêtes d'avancer. Le convoi, comme tu le penses, était de la garde. Un moment, l'un des conducteurs nous cria :

– Allons, soldats de la ligne, faites place aux mulets de la garde !

– Bah, répondit l'un d'entre nous, ce sont des ânes !

– Je te dis que ce sont des mulets, lui répondit le conducteur.

– Et moi, je dis que ce sont des ânes !

– Qu'importe, lui répondit l'homme, ne sais-tu que dans la garde, les ânes ont rang de mulets !

– Bien répondu ! Tu ne m'as jamais parlé de ton ancien régiment, Pierre.

– Je suis fier d'en avoir fait partie. Il a été créé à Bruxelles, en avril 1803. Il a toujours été constitué de conscrits et de volontaires flamands et wallons des neuf départements français de Belgique. Alors, en mai 1812, je l'ai rejoint. Puis ce fut la campagne d'Espagne. En juillet de la même année, j'étais à la bataille des Arapiles. On a été battu. On avait devant nous des bataillons portugais, mais pour la première fois, ils avaient été rejoints par des régiments britanniques de Wellington. Crois-moi, il sait se battre, et l'infanterie anglaise, l'Empereur ferait bien de s'en méfier.

– J'aurais bien voulu être avec l'Empereur dans ce combat aujourd'hui, mais il n'a pris avec lui que les dragons de la Garde.

Chapitre 5. Pont de la Sambre, Charleroi.
Le Jeudi 15 juin 1815, 18 heures.

Je devais m'assurer que tous mes régiments avaient bien franchi la rivière. Je suis donc retourné à Charleroi. Je dois savoir aussi où se trouve Ney. Soult, mon chef d'état-major m'a rejoint.

– Des nouvelles de Letort !

– Oui, sire. Il a été transporté dans la maison du maire de Gilly. Il a reçu une balle au bas-ventre. Le docteur de la commune, Hannoteau, le soigne.

– Je l'ai vu tombé près de moi sur la chaussée. Il faut le ramener à Charleroi, il recevra tous les soins possibles. Quelles sont les conséquences de cette bataille.

– Grouchy est venu en renfort de Letort, il a conduit l'attaque de l'aile droite. Quand les hommes ont vu le général touché et tombé de son cheval, ils ont redoublé leur ardeur. Tous les bataillons prussiens ont été détruits.

– C'est une première victoire, cette journée ne s'est pas si mal passée. On a franchi la frontière, disloqué les forces prussiennes et séparé les deux armées. Il faut poursuivre notre effort. Tout dépend de Ney maintenant. Gourgaud !

– Oui, Sire.

– Un messager pour le maréchal Ney. Il faut qu'il sache que le sort de la France est entre ses mains. Qu'il occupe les *Quatre-Bras* ce soir, et en fait son bivouac. Qu'il dispose des forces au-delà de ses positions, et qu'il s'assure des routes de Bruxelles et de Namur. Soult, prenez les dispositions pour demain, nous allons nous battre.

Je sais que l'armée se pose des questions sur mon chef d'état-major. Mais qui aurait pu occuper ce poste ? Il est supérieur aux autres, mais par trop ambitieux. Je sais qu'en mars 1814, il a tenu tête aux armées de Wellington quatre fois supérieures en nombre. C'est le seul qui peut réfléchir et sait s'adapter à la situation périlleuse sur le terrain, contrairement à Ney à qui il faut toujours donner des ordres et qui ne sait pas prendre de décisions. Il ne m'a rallié que parce que Louis XVIII lui a retiré le portefeuille de la guerre après mon arrivée en France. Mais je n'ai aucune illusion, si je perds cette campagne, si par malheur, je dois être tué, alors avec une palinodie dont il a le secret, il pourra de nouveau faire allégeance aux Bourbons[17].

---

[17] Après la capitulation de Paris le 3 juillet 1815, Soult, pour rentrer en grâce auprès de Louis XVIII, publia un mémoire et parlant de Napoléon, dit : « L'armée entière sait bien que je n'eus jamais qu'à me plaindre de cet homme et que nul ne le détesta plus franchement que moi. »

– Ferdinand, tu devais me parler de ta fiancée, enfin de celle qui était ta fiancée.

– Il y a peu à dire. Quand je fus tiré au sort en 1809, j'étais content de partir et je rêvais de gloire, d'uniforme, de combats, de victoires, et d'honneur. J'ai découvert les marches qui épuisent, les bivouacs où l'on essaye tant bien que mal de se réchauffer, les maraudeurs qui essayent de vous dérober vos affaires, les matins des batailles où l'on meurt de peur, les défaites, qui provoquent les retraites, les prisonniers de guerre que l'on escorte, et les blessés qui se meurent en appelant leur mère. Mais j'avais retrouvé la fierté et la joie de ne plus être un obscur manouvrier de la terre. Enfin, j'existais ! Pas seulement dans le regard de mes parents, mais aussi dans le regard de ceux qui étaient à mes côtés, comptant sur moi comme je comptais sur eux pour survivre lors des engagements. Avant de partir, j'étais financé à Alexandrine Delsaille, une fille de Wattrelos. Comme toi, j'avais fait sa connaissance dans la ferme où j'étais employé. Elle avait un an de moins que moi, habitait dans un hameau de la commune. Elle avait l'air toujours triste. Elle était née de père inconnu, sa mère l'avait élevée seule. Elle avait accepté d'attendre mon retour, on devait se marier. Je pensais être libéré après la campagne d'Autriche, regagner mes foyers, et enrôlé de gloire, avec un petit pécule, m'établir en achetant un lopin de terre. Au lieu de cela, ce fut la constitution de l'armée de 500 000 hommes qui passa le Niémen en juin 1812[18].

– Pourquoi, cette invasion qui nous a menés au désastre ?

– Pour un mariage ! Oui, on m'a dit que l'Empereur s'était marié avec Marie-Louise d'Autriche que son père lui avait donnée pour sceller le traité de paix avec ce pays après la défaite de Wagram. Mais à l'époque, la Russie avait envisagé un mariage entre lui et la princesse Catherine, la sœur d'Alexandre Ier. Alors, vexé, le Tsar, de Russie ne se conforma pas aux demandes de Napoléon. Je ne vais pas te raconter toute la campagne, sache que lors de la retraite en décembre, l'Empereur est réparti à Paris, un général français[19] avait tenté un coup d'État. En laissant l'armée sans réel commandement, la retraite a tourné au désastre.

Quand on a évacué Vilna[20], sur la route verglacée, on a perdu toute l'artillerie, tous les fourgons, tous les bagages.

---

[18] Campagne de Russie.

[19] Le 23 octobre 1812, le général Mallet prétextant la mort de Napoléon en Russie, tente un coup d'État qui échoue

[20] Actuellement Vilnius, capitale de la Lituanie, qui à l'époque faisait partie de l'Empire russe.

Ce fut la fin. Lors d'une escarmouche avec des cosaques, je fus blessé. Après, je ne me souviens plus bien, mais je me suis réveillé chez des paysans de la région. Ils m'ont soigné. J'ai échappé ainsi à la capture par l'armée russe. Je suis resté des mois à récupérer. À partir du printemps suivant, je les ai aidés aux travaux de la ferme[21]. À la fin de l'été, je me suis décidé à repartir en France. J'avais été considéré comme mort et disparu dans les steppes de Russie. Je suis arrivé chez moi, à la fin de l'année. Ma mère, ma famille était folle de joie de me retrouver, mais je voyais bien leur regard. J'ai compris tout de suite. Alexandrine avait épousé quelqu'un d'autre. Je ne lui en veux pas, elle me croyait mort. Alors je suis reparti rejoindre mon régiment, et j'ai participé à la campagne de France.

– Je n'ai rien su de tout cela, il est vrai que j'étais déjà dans l'armée. C'est l'heure du bivouac, Ferdinand !

– Encore une fois, on va se coucher tout habillé, en gardant les yeux ouverts, de peur de se faire surprendre. Nous sommes en juin, et il fait encore froid.

– Tu n'enlèves pas tes bottes ?

---

[21] D'après des études, il y eut 200 000 morts, 150 000 prisonniers et 120 000 désertions. Une partie de l'armée se réfugia chez des habitants, paysans ou bourgeois. En 1837, le recensement dénombra près de 4 000 Français ayant fait souche à Moscou.

– Non, et je ne te conseille pas non plus, de le faire, crois-moi en campagne, c'est la dernière chose à faire, cela m'a sauvé la vie en Russie.

– La seule chose de bien depuis notre départ, c'est la chaleur du feu de ce soir. Hier pour éviter d'être vu par les Prussiens avant de passer cette frontière, c'était interdit.

Chapitre 6. Pont de la Sambre, Charleroi.
Le vendredi 16 juin 1815, 4 heures.

Je suis fatigué, malgré ces quelques heures de sommeil dans ce manoir. J'ai passé la nuit dans cette demeure, assez belle ma foi, du maître de forges Monsieur Puissant. J'ai eu des nouvelles de mon aide de camp Letort, il est au plus mal, le médecin pense qu'il ne verra pas la fin de cette journée.

Il me faut des guides. On m'a dit qu'un ancien soldat de mon armée, Germain Thévenier habite non loin d'ici, il me le faut pour m'accompagner et reconnaître le terrain.

– Gourgaud, faites chercher cet ancien soldat, et trouvez d'autres guides pour les généraux. Les armées anglaises et prussiennes sont maintenant bien séparées, il faut les battre séparément, ensuite on poursuivra jusqu'à Bruxelles. Mais avant, relisez-moi la dépêche de Ney.

– Il indique à Votre Majesté qu'il occupe les Quatre Bras avec une avant-garde, et que le gros de ses troupes est massé en arrière.

– Envoyez des éclaireurs dans toutes les directions autour des Quatre Bras, et un officier de l'état-major à Ney, qu'il lui demande pourquoi il n'a pas poussé au-delà de ce lieu. C'est un brave au feu, mais il ne comprend pas toujours les ordres, et parfois en change les dispositions. Dites aussi au Maréchal

Kellermann de se porter avec son régiment de cuirassiers pour renforcer le Maréchal sur sa gauche. Ils doivent progresser sur la route de Bruxelles pour aller au-devant de Wellington, bien au-delà des positions actuelles, puis ils attendront mes ordres. Nous partons sur Fleurus, la bataille avec les Prussiens aura lieu aux environs de cette ville. Si cela se déroule ainsi, alors Ney pourra détacher une partie de ses hommes sur la route des Quatre Bras vers Fleurus pour les surprendre sur leur droite.

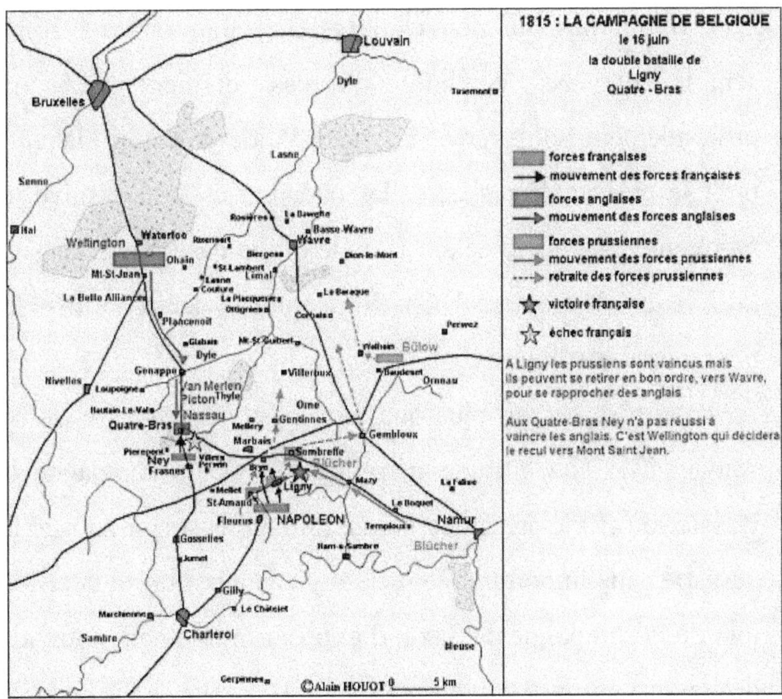

43

– Sire, les estafettes rentrent, il semble que le Maréchal se soit arrêté avant le lieu. Il avait entendu la canonnade de l'engagement d'hier sur Gilly. Il a attendu vos ordres, ne sachant pas s'il s'agissait d'une bataille importante. Il avait été instruit par une escouade, que l'ennemi n'avait que peu de forces devant lui. Son quartier général est à Gosselies, à trois lieux de l'embranchement, son avant-garde à Frames sur sa droite, le corps du général Reille est entre les deux, et un régiment est en position sur la route de Fleurus.

– Il n'a pas, de nouveau, respecté mes ordres ! Il me semble que sa conduite de ces derniers mois l'a profondément bouleversé. Envoyez l'aide de camp Flahaut[22] pour le presser de respecter les consignes, et qu'il suive les mouvements dans le détail. Il ne le quitte pas ! Nous laissons la division de Lobeau à Charleroi, tout le centre se déplace maintenant sur Fleurus.

Ainsi Ney ne sait plus que faire ni comment faire. Je me souviens de son attitude héroïque lors de la campagne de Russie, où il a évité grâce à son courage et à son audace un désastre plus important. Je me souviens aussi de sa décision, lors de la campagne de Saxe, d'exposer inutilement notre aile droite aux Prussiens, provoquant la défaite à Dennewitz.

[22] Les aides de camp de l'Empereur durant la campagne sont nombreux, et choisis parmi les généraux. Il s'agit alors d'un titre honorifique pour ceux qui sont désignés.

C'est après cela qu'il m'avait demandé à être libéré de sa charge, je me souviens encore de ses mots : « *j'aime mieux être grenadier que général dans de telles conditions, je suis prêt à verser mon sang, mais je désire que ce soit utilement* ». Je crois qu'il ne peut plus commander sous mes ordres, perturbé sans doute de son attitude. Le remords le ronge. Celui d'avoir été le premier à m'abandonner après la capitulation de la place de Paris, de s'être rallié le premier aux Bourbons, de m'avoir pressé le premier, à abdiquer à Fontainebleau, l'année dernière. Quand Louis XVIII l'a comblé d'honneurs après, son titre de Pair de France, son poste de commandant en chef de la cavalerie de France, sa fonction de gouverneur militaire l'a dérangé, puis rongé dans ce qu'ils représentaient à ses yeux, le déshonneur, voire la trahison.

– Tu vois, Pierre, le plus difficile, c'est le réveil dans la droite et l'humidité, je ne le supporte pas. On dort parce que l'on est fatigué par les marches, et on se réveille encore plus fatigué.

– C'est vrai que tous les membres sont engourdis et nos moustaches ressemblent plus à une touffe d'herbe, où sont accrochées les gouttes de rosée. On pourrait nous fournir des tentes ou des couchages, les soldats des armées étrangères en ont, notamment les Britanniques.

– Moins de bardas, plus de mobilité, a dit l'Empereur. C'est dans ces moments de réveil que je le maudis.

– Tais-toi, Ferdinand, on va t'entendre !

– Et pourquoi, crois-tu qu'on nous appelle les grognards ! Il le sait le « petit caporal ». Il sait que nos murmures se transforment parfois en grondement. Il entend notre colère, alors à l'étape, le soir, quelques mots, avec quelques vivres, et nous voilà répartis à crier « vive l'Empereur ». Il sait qu'il peut tout nous demander. Il nous a rendu notre dignité. On est considéré comme des hommes, nous les humbles du peuple.

– C'est vrai toutes les histoires que l'on raconte sur lui ?

– Certaines sont vraies, d'autres pas, car déformées et embellies par les troupes. Il est vrai qu'il se permet des familiarités avec nous, qu'il ne se permet pas avec ses maréchaux et ses généraux. En plus, il a de la mémoire le bougre ! Il se souvient très bien avec qui il a combattu, et où. Et puis, sa façon de nous tirer l'oreille, en nous regardant droit dans les yeux et de nous dire « je suis content de vous, soldat ».

– Pourquoi, il te reconnaît, Ferdinand, quand il passe devant nous, il te sourit !

– Cela date de la campagne de France. Un soir, ayant reçu un émissaire de la coalition qui lui avait dicté les conditions pour signer un traité de paix, furieux, il était sorti de la tente. J'étais de garde, ce soir-là. Il m'avait regardé et m'avait dit « Ne croit-on pas que ces bougres-là voudraient nous avaler ». Un peu interdit, je lui avais répondu sans trop réfléchir, « Eh bien, on se mettra en travers de leur gorge ! ». Il m'a regardé puis a éclaté de rire.

– C'est vrai ce que l'on dit sur la bataille d'Austerlitz ?

– Ah, tu veux dire sa description auprès de la Garde, de son plan de bataille pour le lendemain[23]. Ceux qui y étaient et qui sont encore vivants jurent que oui ! Un soldat de la garde me raconta que lors de l'engagement, il semblait immobile. Parfois, il levait un bras, et l'un de ses officiers d'état-major venait prendre ses ordres. Au milieu de la journée, le combat faisait rage, il descendit de cheval, et s'allongea sur une couverture qu'on lui avait étendue. « La bataille est gagnée », dit-il, et il s'endormit au milieu du fracas des armes et à la surprise de sa garde de service qui l'entourait. Je l'ai vu souvent nous demander les soirs

---

[23] Il avait détaillé son plan aux régiments de la garde qui l'entouraient.

des batailles de désigner nous-mêmes les plus braves, les plus valeureux. On a l'impression alors d'être au plus proche d'un homme d'exception. Un jour, je l'ai vu décrocher sa médaille de sa poitrine, et l'accrocher sur celle d'un homme de troupe, qui s'était distingué par son courage. Ah, voici l'ordre de marche !

– Pourquoi, passe-t-on autant de temps à marcher lors d'une campagne ? On marche trop !

– Allez, ne te plains pas, nous sommes l'élite de l'élite !

– Où va-t-on ?

– À Ligny, on prend la route maintenant. On se positionne sur les lignes de l'armée de Blücher, et on la culbute. Cette fois-ci, on sera du combat.

Chapitre 7. Hauteur nord de Fleurus, près de Ligny.
Le vendredi 16 juin 1815, 11 heures.

Nous voici sur la route de Fleurus. Je suis toujours à cheval, et je souffre de maux d'estomac. Cela empire, et s'aggrave juste avant la bataille. Je me suis cependant aperçu qu'au moment où l'action s'engage, les maux diminuent, la souffrance est moindre[24].

Le champ de bataille de Ligny

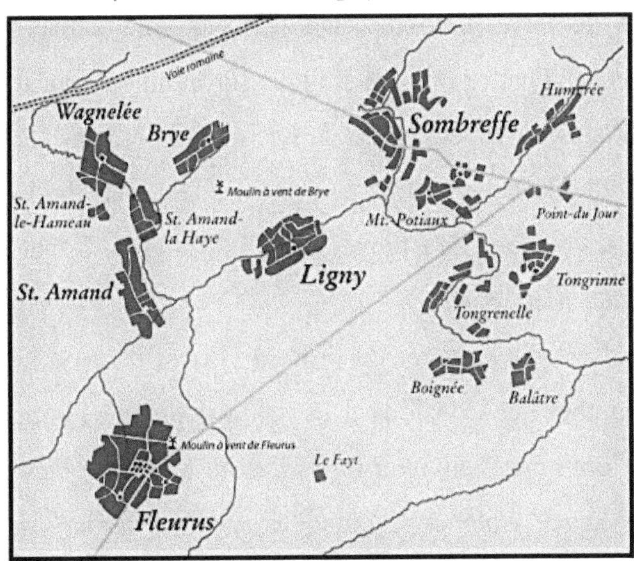

On aperçoit un corps d'armée ennemi sur les hauteurs de Brye.

---

[24] Il souffre lors de cette période, de douleurs gastriques et hépatiques extrêmement violentes. D'après des études récentes, soumis à un stress et à un surmenage important depuis son retour, les douleurs empiraient.

– Messieurs, voici les ordres. Vandamme, vous vous positionnez avec vos forces en avant de Fleurus. Celles de Gérard au centre avec la cavalerie légère. Grouchy, à l'extrême droite avec les divisions de Pajol et d'Excelmans Toute la Garde impériale et les réserves d'artillerie en seconde ligne. Il faut que j'aille inspecter ces Prussiens à partir des hauteurs, Soult, Gourgaud, suivez-moi.

Je vois leurs lignes qui s'étalent sur les trois villages, Saint-Amand, Ligny, Sombreffe, leurs réserves sur les hauteurs de Brye. Curieux dispositif, ils sont derrière nos positions des Quatre Bras, si Ney les surprend sur leur droite, et les attaque à revers, c'est la victoire complète. Ils sont environ 90 000 hommes. Ils ne vont pas attaquer, ils doivent attendre les renforts de Bülow[25] et de Wellington. Il faut donc les attaquer maintenant.

– Soult, faites envoyer un ordre à Drouet d'Erlon[26], qu'il fasse marcher ses divisions à l'est, qu'il prenne l'ennemi à revers. Continuez à envoyer les ordres au Maréchal Ney qu'il poursuive avec violence les attaques sur les Prussiens devant lui.

Nos forces sont de 60 000 hommes. Comme toujours nous sommes en infériorité numérique, c'est la rapidité et la

---

[25] Cette partie de l'armée prussienne campe à Liège.

[26] Commande un corps d'armée, sous les ordres de Ney. Soult, comme chef d'état-major, oublie de prévenir celui-ci de cet ordre.

surprise qui doit compenser cette faiblesse. Blücher veut nous en imposer en s'érigeant sur cette ligne avec toutes ses forces, il pense que nous n'oserons pas, c'est mal me connaître.

– Sire, un messager vient de m'apprendre que Ney n'occupe toujours pas les Quatre Bras, il pense qu'un corps important de l'armée de Wellington a pris position, il attend des renforts.

– Prince de la Moskova, tu vas nous faire perdre cette campagne de par tes hésitations. Qu'on lui envoie un ordre écrit, immédiatement. « Maréchal Ney, vous n'avez pas respecté mes ordres, et j'en suis fort mécontent. Vous n'avez toujours pas pris les armes, et vous êtes toujours dans vos bivouacs. Je vous renouvelle l'ordre de vous porter immédiatement devant l'ennemi, de prendre la position des Quatre Bras, où ne sont présentes que quelques forces ennemies sans importance. La position emportée, vous enverrez une force sur la chaussée de Namur, afin de surprendre les armées prussiennes par l'arrière. Ce mouvement permettra la ruine totale de l'armée ennemie. Je vous renouvelle mon jugement que le sort de la France est entre vos mains. Fleurus, 12 heures, S.M. Napoléon Ier ».

Faites signer et faites porter par le colonel Forbin-Janson[27] la dépêche, de suite ! Attendons trois heures de plus pour lui

---

[27] Marquis Charles de Forbin-Janson, grand chambellan de l'Empereur en 1815. Porteur du sceau et du cachet de l'Empereur, sa fonction

permettre d'exécuter mes ordres, ensuite, les régiments avancent.

– Et voilà, juste devant les lignes prussiennes, mais en seconde ligne pour la charge finale. On va pouvoir allumer sa pipe.

– Ferdinand, je crois que cette halte des pipes[28] va durer longtemps, l'empereur fait partir des estafettes dans toutes les directions, on va devoir attendre les retours des coursiers. Le sous-lieutenant nous donne l'ordre de la grande halte[29]. Tu le connais bien ?

– Sous-lieutenant Pierre Dormoy, affecté dans le troisième voltigeur, il y a peu. Il vient de la Marne. Il a 21 ans, le même âge que nous. C'est un bon officier. Il a fait l'école militaire de Fontainebleau. C'est un vélite.

– J'ai déjà entendu ce mot, mais je ne sais pas ce que cela veut dire.

---

consistait entre autres à signer les documents importants. Le fait de le nommer pour aller porter l'ordre à Ney, démontre l'importance de la missive.

[28] La halte des pipes était les 5 minutes de pause après une heure ou une lieue de marche, les soldats en profitaient pour allumer la pipe.

[29] Pause de la demi-journée, où les soldats mangent ce qu'ils ont dans leurs sacs.

– C'est un corps qui permet à des jeunes de milieu aisé de devenir rapidement sous-officier. L'Empereur l'a créé pour permettre à ceux-ci de ne pas payer la somme de l'inscription à l'école militaire, où d'attendre leur tour d'y entrer, trop longtemps. La formation est plus difficile, l'épaulette plus difficile à avoir, mais ils portent l'uniforme plus vite. Au départ, ce sont des soldats comme toi et moi. Les plus braves sont ensuite admis à l'école militaire de Fontainebleau, comme lui.

– Je pourrai peut-être le faire aussi.

–Pourquoi pas. Mais il faudra suivre les cours d'histoire, de géographie, de mathématiques, de dessins et de fortifications, et quatre heures d'exercice par jour. Connais-tu le latin ?

– Non.

– Alors, tu ne pourras pas y entrer, en plus de savoir lire et écrire, il faut connaître le latin !

– Et le capitaine de notre compagnie ?

– Borel, Hyacinthe Borel. Il a fait Saint-Cyr en 1808. Il a fait les campagnes d'Allemagne, l'Espagne, la Saxe, la France et le voici avec nous. Il est chevalier de la Légion d'honneur, un brave. Il aime être près de ses troupes.

– Tu sais, Ferdinand, je me souviens encore des premiers cadavres que j'ai vus lors des batailles. Au début, je faisais un écart pour les éviter. Puis, je marchais près d'eux, par la suite, je marchais dessus les corps pour avancer. On s'habitue à tout, mais pas à la peur avant la bataille. Une fois, l'ordre donné d'avancer, et le combat entamé, alors, c'est terminé, je n'ai plus peur.

– Comme nous tous !

– Certains, non. Je me souviens d'un voltigeur en Espagne, courageux et blessé, l'officier lui avait demandé ce qu'il souhaitait pour prix de sa bravoure. Il avait répondu qu'il voulait être le premier à l'assaut lors de la prochaine bataille. Il fut transporté dans l'ambulance. On le vit revenir quelques jours plus tard. Lors de l'assaut qui se préparait, il demanda à l'officier de respecter la parole donnée, être le premier. Celui-ci refusa, il insista, prenant à témoin toute la division. L'homme céda, il fut le premier à mourir sous les balles. L'officier, après la bataille, décrocha sa médaille d'honneur et la mit sur la poitrine du cadavre. Toute la division lui rendit les honneurs.

– On va bientôt entendre le bruit des boulets !

Chapitre 8. Hauteur nord de Fleurus, près de Ligny.
Le vendredi 16 juin 1815, 15 heures.

Il est temps, les dispositifs sont en place.

– Faites donner les trois coups !

Voilà, les trois coups de canon de la Garde annonçant l'offensive sont donnés. Vandamme aborde l'aile droite de Blücher, Gérard attaque le centre et Grouchy avec sa cavalerie, enfonce déjà leur aile gauche. Gérard a envoyé le bataillon de Lefol, pour prendre Saint-Amand. Mais que fait Vandamme, il ne conduit pas ses troupes comme il devrait. Il doit enfoncer les lignes. Si Ney arrive maintenant s'en est fini des Prussiens. Ah, voilà Gourgaud !

– Sire, le village de Ligny a été pris et repris à plusieurs reprises, mais on n'en est pas complètement maître. Toutes les réserves du centre ont été engagées.

– Je prends la tête de la garde, on fait mouvement sur le village, il faut l'occuper coûte que coûte.

Avec les régiments de cavalerie de la garde, je vais enfoncer leur centre, le résultat sera décisif.

– Sire, Vandamme nous prévient qu'une armée de 20 000 hommes arrive sur notre droite, en sortie des bois et va nous contourner par Fleurus.

– Qui ? Il n'a aucun corps ennemi entre Ney et nous ! C'est impossible. Gourgaud, demandez aux régiments qui me suivent de faire mouvement d'un quart de tour pour être face à cette colonne. Envoyez l'aide de camp Dejean pour reconnaître.

Attendre, toujours attendre ! Ah, le voici !

– Site, ce n'est pas l'ennemi ! C'est le premier corps d'armée du général d'Erlong, sous les ordres de Ney. Mais ils ont fait demi-tour et repartent par la chaussée des Quatre Bras.

– Envoyez- lui une estafette pour savoir ce qui se passe, et que fait-il ? Pourquoi ne pas avoir respecté mes ordres ? On refait la marche sur Ligny ! Appelez toutes les réserves, droit sur le village !

On a perdu deux heures, on ne va jamais les rattraper. Pourquoi donc, Vandamme n'a-t-il pas envoyé un émissaire reconnaître l'armée en mouvement ? Voilà, Ligny est pris, définitivement. Tout le centre est en pleine déroute. La droite est tournée par la division Gérard. Ils sont en retraite sur plusieurs directions.

– Qu'a-t-on pris à l'ennemi, Gourgaud ?

– Quarante canons, Sire, six drapeaux, au moins 8 000 prisonniers. On me dit aussi qu'il y a de nombreux déserteurs parmi eux, originaires des régions nouvellement annexées par la Prusse. On a vu aussi le maréchal Blücher s'écrouler avec son cheval dans la bataille, on le cherche.

– Il faut le faire prisonnier, avec tous les honneurs dus à son rang. Bien, la victoire est totale, qu'on le proclame aux troupes, ordre du jour à rédiger et à envoyer à Paris.

Je me leurre, et je les leurre. La victoire n'est pas totale, j'ai vu les ailes ennemies se replier avec méthode. Et la nuit arrive, impossible de les poursuivre, on ne connaît pas assez la région. Si une partie des troupes rejoint les réserves de Bülow, cela représentera encore un danger pour nous.

– Des nouvelles de l'armée du maréchal Ney ?

– Oui, Sire, il vient à peine de prendre la position. Celle-ci a été renforcée par des divisions hollandaises et anglaises. Ils sont maintenant 50 000 hommes.

– Avec ses 40 000 hommes, il doit l'emporter.

– Non, Sire, il n'a fait mouvement sur la position que vers la fin de l'après-midi avec seulement la moitié de ses troupes. Heureusement sa fougue au combat a permis de repousser les troupes de Wellington. Il dit avoir reçu votre ordre vers 16 heures, de se porter immédiatement devant l'ennemi et de prendre la position des Quatre Bras.

– Je l'ai donné à midi ! D'ici à sa position, il y a trois à quatre lieues, une estafette peut les parcourir en moins d'une heure !

– Je sais Sire, il dit avoir compris vos ordres et vos intentions à ce moment-là. Mais il avait déjà donné consigne au général d'Erlon de le rejoindre. C'est pour cela que celui-ci a rebroussé chemin.

Brave des Braves, pourquoi donc tu ne comprends plus mes intentions et ignores mes ordres ? Ta bravoure me démontre que ce n'est pas le courage ou la volonté qui te manque. Je n'aurais jamais dû te donner l'aile gauche en commandement. J'aurais dû te garder avec moi.

– Toute l'armée de Wellington est présente ?

– Non, Sire, il lui manque la cavalerie et l'artillerie, ils devraient arriver dans la nuit. L'un de nos espions qui revient de Bruxelles nous a détaillé les faits. Il y avait bal chez la Duchesse de Richmond, hier soir, tous les officiers supérieurs britanniques y participaient. Instruit de notre invasion à Charleroi, Wellington n'a pas voulu interrompre les festivités. Ce n'est que vers minuit, informé de nouveau de la retraite d'hier des troupes prussiennes, qu'il a donné les instructions aux régiments de rejoindre les Quatre Bras. Le mouvement s'est effectué tôt ce matin, et ils sont arrivés dans la journée. C'est en fin de journée que toutes ses troupes seront présentes, et surtout son artillerie. Le maréchal Ney a dû conserver ses positions, sans pouvoir poursuivre son avancée. En infériorité importante, et malgré les succès de ses régiments pour occuper les positions, il a préféré rappeler le général Erlon pour le soutenir, ne pas reculer et exposer Votre Majesté à l'union des forces britanniques à celles des Prussiens. Kellermann et ses cuirassiers sur l'ordre du maréchal ont écrasé les forces anglaises. Les 69e, 73e et 33e régiments sont anéantis. Mais les Quatre Bras sont toujours aux mains ennemies.

– Comment cela s'est-il terminé ?

– Ney a tenu ses positions, mais il s'est replié à Frames, au sud de la position toujours tenue par Wellington.

– Ni vaincu ni vainqueur, c'est un mauvais présage !

– Mais pourquoi donc, nous faire tourner d'un quart de tour, on partait vers les Prussiens, et nous voilà face à ce bois.

– Je ne sais pas, mais l'Empereur à sa tête des mauvais jours, on dit s'attendre à ce que des ennemis débouchent de ces arbres.

– Ferdinand, tu m'as dit ce matin que c'était les régiments du Prince de la Moskova qui étaient de ce côté.

– Oui, c'est le sous-lieutenant qui me l'a confirmé. C'est bizarre !

– De nouveau, un quart de tour, et nous voilà de nouveau face aux Prussiens ! On devient girouette à force !

– Ordre de marche et d'attaque ! Les tambours battent la consigne[30] ! Les dragons en avant-garde se font sérieusement accrocher. Cette fois-ci on ne sera pas immortel, Pierre !

– J'ai peur ! J'avoue que j'ai peur, comme à chaque fois, Ferdinand !

– Comme moi ! Tous ceux qui nous entourent ont peur, Pierre. Officiers, sous-officiers, hommes de troupe, si l'on ne se savait pas observé par les autres, on se sauverait. Mais l'honneur, l'amour-propre, l'estime des autres, font que l'on ne se sauve pas, que l'on reste à son poste, que l'on entend le bruit des boulets qui vont tomber au loin, mais sans se douter de celui qui tombera tout près en nous pulvérisant, que l'on entend les balles siffler aux oreilles, mais sans entendre celle qui nous frappera au

[30] Sur les champs de bataille, les musiciens, et notamment les tambours, donnaient les ordres aux troupes par leur jeu de sonneries, c'est la céleustique.

cœur. Crois-moi, nos ennemis aussi ont peur, et les premiers qui tourneront les talons, construiront leur défaite et feront la victoire pour ceux d'en face, le déshonneur ou la gloire.

Je parle à mon cousin Pierre, pour ne pas, moi-même, tourner les talons et courir à perdre haleine en me sauvant. Cette peur qui est notre compagne de tous les instants dans ces moments où l'on va affronter les régiments d'en face. Je me souviens de ma première bataille, mes premières peurs. Ce qui m'impressionna le plus fut la vue du sang, des blessés et des cadavres, la vue des corps mutilés. On pense alors toujours à soi, et l'on se dit que cela va nous arriver. Mes pensées furent également pour ma mère en la priant de me protéger, lui demandant de façon incontrôlée et ridicule de venir me chercher comme lorsque j'étais petit et qu'elle venait me délivrer d'une situation que je n'arrivais plus à gérer, ou lorsqu'elle venait me soigner des mes maladies infantiles et de mes terreurs nocturnes.

Ce jour-là, ce qui m'a sauvé avant qu'une peur panique ne m'envahisse, fut le regard des autres, des vétérans, des anciens qui nous regardaient, nous les nouveaux. Leurs petits sourires moqueurs, mais aussi leurs regards compréhensifs, ils étaient passés par là, par ce que nous ressentions, alors la crainte de ne pas être à la hauteur, la peur du déshonneur est la plus forte, elle prend le dessus sur l'autre, la peur du danger. Le soir, au bivouac, l'un d'entre eux m'avoua que lui aussi avait eu peur la première, la seconde et toutes les autres fois, mais il savait maintenant la contrôler, non pas la faire disparaître, mais la canaliser.

– Tu verras, dans quelque temps, tu auras peur par anticipation, une fois le combat engagé, c'est fini. J'ai connu un soldat qui n'a jamais réussi à s'en affranchir complètement. Un jour, en entendant le canon qui tonnait au loin, il est parti derrière un bosquet et s'est fait sauter la cervelle. C'est idiot, non ! Pourquoi s'est-il donné la mort, s'il la craignait ? Moi, je pense qu'il avait peur d'avoir peur.

Il a raison, l'ancien ! Par la suite, elle disparaît au moment du combat. Et puis, ne pas la montrer au moment du combat, c'est essentiel. Car le ridicule et la honte peuvent tuer tout autant que les balles. Le régiment dont on fait partie est un monde petit, le regard des camarades est à la longue plus important que le reste.

Je vois notre capitaine, il tourne le dos aux Prussiens.

– Serrez les rangs !

Il ne regarde pas derrière lui, il nous regarde. Il sait que cela va nous insuffler le courage et la volonté nécessaires pour continuer. On le regarde, on a oublié l'ennemi, on continue à avancer. Bizarrement, aucun tir adverse ne le touche, comme si nos adversaires voulaient saluer son courage.

Mais il sait ce qu'il fait, notre officier. La peur la plus importante, la plus totale, la plus destructrice n'est pas individuelle, mais collective. Je ressens à cet instant en avançant droit sur les rangs prussiens, les émotions des autres, des copains, de ceux qui sont devant, à côté, derrière moi. Je perçois les sentiments de chacun et de tous. Ce ressenti est contagieux, il peut devenir panique et se répandre comme une traînée de poudre. Elle est le point d'orgue, l'explosion finale des angoisses individuelles qu'on ne peut plus refouler. Les colonnes deviennent alors incontrôlables. On s'enfuit. Je ne l'ai pas encore connu, mais le lieutenant nous a mis en garde.

— Quand vous voyez des soldats d'autres unités traverser vos rangs en fuyant vers l'arrière, ne les regardez pas. Vous devez regarder devant vous, ne pas leur prêter attention. Souvenez-vous, en Russie, le 3 novembre 1812, le maréchal Davout avec son arrière-garde, des régiments d'élite comme le nôtre, fut attaqué fortement par le général russe Miloradovitch. C'est le maréchal Ney qui l'a dégagé. Mais ses régiments furent pris de panique à la vue des autres fuyards qui les traversèrent en hurlant. Cela ne doit pas vous arriver. Vous êtes la garde impériale !

Il est vrai que la débandade de ces soldats aguerris eut un retentissement important dans nos troupes, peut-être le début de la retraite désordonné de cette campagne maudite. Ce fut aussi la première victoire russe sur la grande armée. L'ennemi comprit alors que nous n'étions plus les mêmes, le doute sur notre infaillibilité au combat était mis à mal. Toute l'arrière-garde avait été désorganisée, la contagion avait gagné le reste de l'armée, la retraite abominable de Russie avait démarré.

C'est pour cela, que l'on boit avant la bataille, c'est notre outil pour lutter contre certains sentiments et nous permettre de nous battre sans trop réfléchir, mais pas trop, car alors l'effet inverse peut se produite, et l'on met la vie de nos compagnons en danger. L'expérience de nos officiers et de nos sous-officiers est primordiale pour conserver notre cohésion et savoir anticiper nos sentiments.

Voilà, heureusement, on approche des lignes ennemies, on va les affronter, c'est maintenant. C'est fini, la peur a disparu, trop occupé à nous battre. La fumée, le bruit des canons, les cris, tout ce bruit nous enivrent comme à chaque fois. On reste dans nos rangs, Pierre est toujours sur ma droite, on reçoit une grêle de balles, des hommes, des compagnons tombent. J'ai ressenti comme une piqûre, je regarde mon bras gauche, là où j'ai mal, je suis couvert de sang. Mais il faut avancer.

Je tombe, j'entends Pierre crier !

**Chapitre 9. Hauteur nord de Fleurus, près de Ligny.
Le vendredi 16 juin 1815, 21 heures.**

C'est fini !

Le soir tombe, impossible de poursuivre les ailes prussiennes qui se sont repliées en bon ordre. On n'a pas retrouvé Blûcher non plus, il a réussi à s'enfuir[31]. Je viens d'avoir des nouvelles de la bataille engagée par Ney. Quelle erreur ! Pourquoi donc après avoir finalement et tardivement obéi à mon commandement en fin d'après-midi, a-t-il engagé le combat avec seulement la moitié de ses troupes ? La cavalerie légère de la Garde, et le corps d'Erlon que l'on avait pris pour des groupes ennemis sont restés en position arrière. Il ne s'est porté sur la position qu'avec seulement trois bataillons. Malgré son infériorité numérique, il a réussi à bousculer le Prince d'orange. Que n'avait-il pu l'anéantir immédiatement avec toute son armée ? Mais trop tard, malgré sa bravoure et celles de ses troupes, l'ennemi a été renforcé par Brunswick et la division anglaise du général Picton.

– Ensuite, que s'est-il passé Gourgaud ?

---

[31] Ce fut l'un de ses aides de camp qui lui céda son cheval, le sien étant mort.

– Malgré cela Sire, à un contre deux, le maréchal a enfoncé les lignes ennemies, le Duc de Brunswick a été tué. Il a détruit le 42e régiment écossais, le colonel a été fait prisonnier, le drapeau a été pris. Il était près de la victoire totale, quand les divisions anglaises de Cook et d'Alten sont arrivées sur la position des Quatre-Bras, 20 000 hommes de plus, portant le nombre des troupes ennemies à 60 000 hommes, face aux 20 000 du maréchal. Il a gardé ses positions malgré tout, mais n'a pas réussi à les pousser au-delà de la rivière de la Dyle[32].

– Gourgaud, faites rentrer l'estafette qui vient d'arriver, les nouvelles sont importantes !

– Sire, l'artillerie et la cavalerie anglaise viennent d'arriver en entier, ils renforcent leur position.

– Ney ! Que n'as-tu pris les bonnes décisions ! Il eut été facile de prendre la position ce matin, aisé de la prendre cet après-midi, mais cela est devenu impossible maintenant. La route de Nivelles aurait été coupée, les Anglais coupés en deux portions. Son artillerie n'aurait pas pu rejoindre le gros de ses régiments, impossible de franchir la rivière, on aurait tenu les ponts.

– Il vous fait dire qu'il pensait que tous les Prussiens étaient positionnés sur Fleurus et qu'il aurait été débordé sur

[32] La rivière bordait le département français de la Dyle qui avait Bruxelles comme chef-lieu.

sa droite, il a donc pris la décision de laisser la moitié de ses régiments en arrière.

– Il n'est pas trop tard. Gourgaud, envoie quelques espions dans le camp de Wellington, qu'il soit informé de notre victoire à Ligny, que Blücher est en retraite, et que notre centre fait marche sur la position des Quatre-Bras pour l'attaquer demain matin à l'aube avec l'aile droite de Ney. Envoie aussi des coursiers à Grouchy, qu'il prenne le commandement de toute l'aile gauche et ne perde pas de vue les Prussiens de Blücher, et s'il peut qu'il engage le combat dès que possible. De toute façon, il doit se positionner entre les Prussiens et les Anglais, la barrière de ses troupes doit être infranchissable.

Je ne sais s'il est ou pas trop tard. Ce qui ne sera jamais plus comme avant, c'est la confiance de mes généraux. Mon abdication de l'année dernière a anéanti leur audace, leur espérance, leur foi, leur certitude et leur illusion. Ce ne sont plus les mêmes hommes, ils ne savent plus, Ney y compris, ce qu'ils doivent faire. Ils n'ont plus l'énergie et l'audace nécessaires pour bâtir les victoires. Ils sont devenus craintifs. La bravoure leur est restée, mais je sais qu'elle ne suffit pas. Ils essayent de tergiverser, se demandant si l'ennemi est là ou pas, perdant leur temps en suppositions vaines. Je passe mon temps depuis deux jours à leur dire que l'ennemi est là quand on le voit.

– Pourquoi donc Gourgaud, tous mes généraux sont-ils devenus craintifs et circonspects ?

– Je ne comprends pas, Sire !

– Il a fallu que j'intervienne pour leur dire aujourd'hui que les armées de Wellington et de Blücher n'étaient pas réunies encore, qu'il fallait avancer sur l'ennemi. Que la position des divisions de Blücher était une faute, à cause de son caractère emporté, et confiant qu'il est dans le fait qu'il serait rejoint par les Anglais avant le début de la bataille.

– Les hommes doutent, Sire, quelques officiers ont encore déserté aujourd'hui.

– Je sais cela, comme toujours, cela n'est pas nouveau. Mais de là à recevoir à chaque instant des rapports alarmants me disant que Vandamme est passé à l'ennemi, qu'il fallait me méfier de Soult parce qu'il aurait pris contact avec les Prussiens, que le général Henain arrange toute sa division pour les persuader de trahir ! Personne n'a rien vu ! On dit que, on pense que, on aurait entendu que, on aurait vu que !

– Il est vrai, Sire, que les soldats n'ont confiance qu'en vous, mais il ne semble plus avoir confiance dans les généraux.

– Pourquoi, Gourgaud ?

– Sire, certains ont servi les Bourbons pendant que vous étiez à l'île d'Elbe, alors qu'ils étaient pour la plupart démobilisés et renvoyés dans leur village, sans honneur et sans estime. Ils ne l'ont pas compris et ils leur gardent une rancune tenace !

– Où suis-je ?

– Et bien beau brigadier, te voilà de nouveau parmi nous !

Ferdinand regarda Marie, il la reconnaissait maintenant, c'était la cantinière de la compagnie. Elle est partout où le combat se déroule, portant un verre d'eau-de-vie à ceux qui ont perdu connaissance, soignant sommairement les blessés, en attendant la roulotte des infirmiers, relevant ceux qui tombent. Elle a la bravoure d'un vieux grenadier de la Garde.

Marie suit la compagnie depuis des années, comme toutes les vivandières de la Grande Armée. Tour à tour, cantinières, blanchisseuses, brancardières, et prostituées[33],

[33] Elles étaient autorisées à suivre l'armée et leur nombre était strictement réglementé. Elles étaient porteuses d'une carte de sécurité indiquant leur fonction, avaient droit au pain, au logement et à l'hôpital militaire.

elles permettent aux soldats de l'Empereur de tenir le coup et de continuer à se battre. Parmi toutes celles que Ferdinand avait connues, celle-ci est une figure du bataillon. On la surnomme « tête de bois ». Son mari, un grenadier est mort durant la campagne de France, l'année dernière, à Montmirail. La même année, son fils, un jeune tambour né durant la bataille de Marengo, qu'elle avait eu de cet homme, est mort sur la barrière de Clichy[34]. Il sait qu'elle a été blessée en allant chercher le cadavre de son fils. Et maintenant, elle participe à cette campagne, infatigable, prête à tout pour secourir un blessé comme lui.

– On ne tire plus, sois tranquille, la victoire est au petit caporal.

– Pourquoi continues-tu, Marie ?

– Vous êtes ma seule famille, vous les grognards, et l'Empereur !

– Tu l'admires, n'est-ce pas !

– Oui, avant de mourir, je m'approcherai de lui et je le verrai une dernière fois !

– Pourquoi parles-tu de la mort ?

– J'en parle comme toi, mais il existe une différence important entre toi et moi. Tu es jeune, tu peux encore

______

[34] Authentique.

vivre longtemps, te marier, avoir des enfants. Pour moi, mon homme et mon petit sont morts, j'ai 50 ans et j'ai connu 17 campagnes avec l'armée, il est temps pour moi de terminer mon dernier engagement. Mais arrêtons de parler pour ne rien dire ! Tu n'as pas une vilaine blessure. Tu garderas ton bras, la balle est ressortie. Bien pansé, tu pourras rejoindre tes camarades.

– Merci, Marie. Voilà Pierre !

– Je savais que tu étais en de bonnes mains, tu m'as fait peur !

– Donne-moi des nouvelles !

– On a battu les Prussiens, ils sont en déroute. On se repose ici pour la nuit. Demain, on rejoint Ney au Quatre-Bras, et on bat les Anglais.

**Chapitre 10. Quartier général de l'Empereur, Fleurus.
Le samedi 17 juin 1815, 9 heures.**

Dès la pointe du jour, Pajol est parti avec sa cavalerie et une division d'infanterie pour ramasser les restes abandonnés de l'armée prussienne, lors de leur retraite de la veille. On a dénombré les morts et les blessés de cette armée, au moins 25 000 hommes.

– Sire, les estafettes en reconnaissance sur la position des Quatre Bras viennent de rentrer !

– Alors ?

– Au lieu de rencontrer le maréchal Ney, ils ont vu les Anglais.

– Il ne faut pas perdre un instant, on se déplace vers la position avec toutes les réserves et la Garde. On se sépare en deux colonnes, je prendrai la tête de la première avec les 66 000 hommes, sur la route Charleroi Bruxelles. La seconde commandée par Grouchy avec ses 36 000 soldats, passera la Dives à Wavres et continuera à presser les Prussiens sur leur droite, qu'on lui dise de ne jamais perdre le contact avec moi. En route !

Ney devrai être sur la position, pourquoi donc rencontre-t-on les troupes de Wellington ? Qu'a-t-il encore fait, ou plutôt que n'a-t-il pas fait ?

– Sire, on est en contact avec les Anglais. On a surpris et fait prisonnière une vivandière anglaise. Elle dit que Wellington a repassé la Dyle, la rumeur de nos espions a fait son œuvre. Il en reste qu'une division de cavalerie, qui protège leur retraite. Aucune nouvelle de Ney, on pense qu'il a repassé la Sambre.

– Qu'on se porte de suite sur la position.

Nous y voici, pas de troupes de ce foutu maréchal ! La cavalerie anglaise bat en retraite, il est vrai que de voir toute la route de Namur envahie par les colonnes françaises ne les a pas réjouies.

– Gourgaud, faites établir une batterie de canons sur la position, la plus haute, et canonner l'arrière-garde ennemie.

Qu'on envoie chercher Ney tout de suite, Non, donnez l'ordre à ses troupes de venir nous rejoindre !

De nouveau, il faut attendre que le corps d'armée d'Erlon nous rejoigne.

– Je rejoins ma berline, que dès le Maréchal arrive, dites-lui de venir me voir.

Je ne sais plus que penser ! Incompétence ! Trahison ! Folie ! Ah, le voici !

– Sire, je ne pouvais prévoir ce qui se passe. On m'avait dit que, enfin j'avais cru que toute l'armée anglaise était encore aux Quatre-Bras, appuyé sur sa gauche par l'armée prussienne que je croyais victorieuse à Ligny. C'est pour cela…

– Peu importe, depuis deux jours, mes instructions ne sont ni suivies ni exécutées. Faut-il croire les rumeurs qui traversent l'armée, parlant de vous comme d'un traître.

– Il ne me reste qu'une seule chose à faire, Sire ! Mourir au combat.

Il vient de me quitter furieux. Je ne sais plus que penser de lui. Avant, je le devinais, je le prévoyais, maintenant je ne le comprends plus. Lorsque je l'ai revu sur la route qui me menait à Paris le 15 mars, je lui ai reproché son attitude de l'année dernière. Pour la première fois de sa vie, il a haussé le ton, me disant que je ne devais plus me comporter en tyran. Il fut quand même le premier de mes maréchaux à m'abandonner après la capitulation de Paris. Je sais qu'il voulait éviter la guerre civile, mais il ne savait pas ce que les Bourbons le mépriseraient, lui un enfant de la révolution[35].

J'aurais voulu les battre aujourd'hui. Il m'a fait perdre une journée. Heureusement, rien n'est perdu, Wellington a pris peur, il a quitté une position essentielle, quelle erreur ! On va le poursuivre toute la journée et en fin d'après-midi, au plus tard, demain matin, il va devoir s'arrêter de fuir et on l'attaquera. Mais la pluie, la pluie n'arrête pas de tomber, forte, drue, des trombes d'eau. Je ne pourrai pas déployer l'artillerie, les équipages vont s'embourber.

[35] Lors de la première restauration, ils furent, son épouse et lui, tellement moqués à la cour de Louis XVIII, qu'il se retira sur ses terres en province. Le Roi le rappelle en mars 1815 pour arrêter Napoléon, pensant qu'il était le seul à pouvoir commander l'armée toujours fidèle à l'Empire.

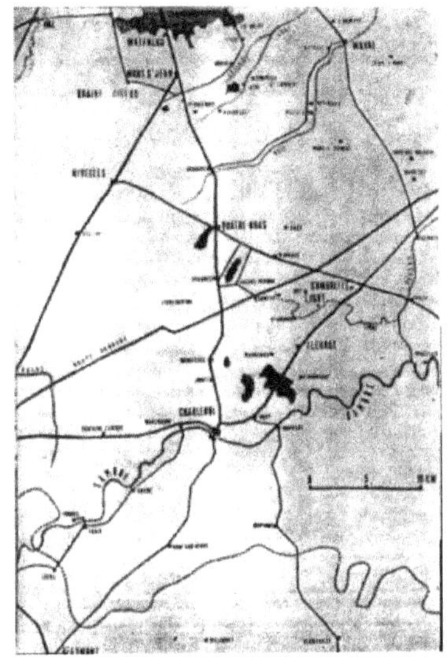

– De nouveau parmi nous, Monsieur Ferdinand !

Le lieutenant me regardait, mi amusé mi-séreux, content de me voir en vie.

– Nous avons un prisonnier, un officier de cavalerie anglais, le capitaine Elphinston. Il a été soigné, il faut le conduire à l'Empereur pour qu'il puisse l'interroger. Brigadier, vous prenez une escouade et vous y allez !

– Monsieur Pierre, trois voltigeurs avec nous, on y va !

– À vos ordres, brigadier !

Les soins avaient été prodigués à l'officier anglais, qui semblait surpris que l'Empereur des Français puisse s'intéresser à lui.

– Halte !

Au même moment Napoléon sortit de sa tente de bivouac, regarda longuement l'officier et lui demanda son nom.

– Capitaine Elphinston, du 7e de Hussard anglais.

– Brigadier, allez me chercher à l'intérieur, dans ma cantine un gobelet, qu'on le remplisse de vin pour le capitaine, et qu'on lui apporte un siège.

Après un court instant d'hésitation, Ferdinand pénétra à l'intérieur.

– Alors, Capitaine, n'étiez-vous pas au bal de la duchesse de Richmond, dans la soirée du 15[36] ?

Quelques heures plus tard, la compagnie se reposait. Pierre ne put s'empêcher de poser la question.

– Comment a-t-il su pour l'officier ?

– Apprends que Napoléon a toujours entretenu une armée d'espion partout et en toutes circonstances. Il a su qu'il y avait un bal chez la Duchesse de Richmond[37] avant-hier soir. On a dû lui fournir les noms des officiers supérieurs présents. Quand il a chargé Ney d'occuper tout de suite les positions, il savait que Wellington n'y serait pas, trop occupé à remplir ses devoirs mondains. Et puis,

---

[36] La question est authentique.

[37] Elizabeth Pakenham, comtesse de Longford le décrivit comme « le bal le plus remarquable de l'histoire, tous les officiers supérieurs de l'armée de Wellington étaient présents pour être vus »

c'est un grand comédien, sais-tu ! Il sait que cette anecdote sera racontée et commentée parmi les groupes ennemis, et toute à sa gloire et sa mansuétude pour son attitude face à un prisonnier. Lui donner du vin dans l'une de ses coupes personnelles, cela deviendra aussi un fait remarquable pour la famille de ce capitaine[38]. Dans la garde, on commente aussi toutes ces histoires, et l'on s'en amuse beaucoup.

– Un jour, tu m'as dit que tu me parlerais du jeune tambour.

– Ah ! C'est une autre forme de sa compréhension des hommes, et de son respect des choses ! C'était à la veille de la bataille d'Eylau. Il avait, avec son aide de camps Savary, fait sa tournée d'inspection durant la nuit. Arrivé à la tête du 4ᵉ régiment d'artillerie à pied, dans lequel il avait été capitaine quinze ans plus tôt, il remarque un petit tambour âgé tout au plus de dix ou douze ans. Surpris de l'âge de l'enfant, qui semble porter son tambour avec difficulté, il s'en approche lui prend le menton, et lui demande son âge. Le gamin lui répond qu'il a bientôt douze ans. L'Empereur lui indique que les

---

[38] Effectivement la famille de l'officier offrit à l'Empereur un superbe échiquier à Sainte-Hélène.

personnes qui l'ont placé là auraient dû attendre quelques années de plus.

– Mon empereur, c'est maman qui l'a voulu !

– Alors tu diras de ma part à ta maman qu'elle n'aurait pas due ! Comment s'appelle ta mère ?

– Marie-Françoise Siébert, mon Empereur, elle est cantinière au 20ᵉ de ligne. Elle vous connaît bien, et mon frère François aussi.

– Siébert ! Il me semble que j'ai entendu ce nom-là quelque part. Que fait ton père ?

– Il ne fait plus rien, il a été tué à Marengo.

– Ah ! Dis encore Napoléon en reculant d'un pas. C'est glorieux pour lui, reprit-il d'une voix grave, mais c'est malheureux pour toi.

Et, voulant éloigner de sa pensée, comme de celle de l'enfant, ce triste souvenir, il reprit :

– Et tu dis que tu as un frère ? Il est sans doute avec ta mère ?

– Non ! Lui est fifre, Il est plus grand que moi.

– N'importe ! Interrompit brusquement Napoléon en appuyant sur chacune de ses paroles. Tu diras à ta mère, quand tu la verras, que je t'ai trouvé beaucoup trop jeune pour faire cette campagne. Elle n'a pas le sens de la mesure.

– Oh ! Mon Empereur, je n'oserai pas, balbutia le petit tambour, qui avait baissé les yeux.

– Et pourquoi, Monsieur ?

– Dame, mon Empereur, parce qu'on ne dit pas cela à sa mère quand on l'aime bien.

À ces mots, Napoléon baissa la tête, et il dit à voix basse à Savary, placé près de lui :

– Le petit bonhomme a raison, il n'est pas sot. Ce n'est pas à moi à prêcher aux enfants l'oubli du respect qu'ils doivent, dans tous les cas, à leurs parents. Mais cela n'empêche pas que la mère a eu tort.

L'Empereur regarda s'éloigner le jeune tambour, qui faisait rouler ses baguettes dans ses petites mains.

– Sait-on ce qui est arrivé au jeune tambour ?

– Oui ! Cette bataille fut une marée de sang et de cadavre[39]. L'une des plus terribles que notre armée a subie. Le lendemain de l'affrontement, il parcourait le champ de bataille. Le sol était jonché de cadavres, de blessés, et des débris sanglants des deux armées. Seize de nos généraux avaient trouvé la mort, et notamment trois de la Garde impériale. Napoléon, accompagné de son état-

---

[39] Napoléon, affecté par les pertes subies, et contrairement à son habitude, restera huit jours sur le champ de bataille pour superviser les secours aux blessés. Il déclara « Cette boucherie passerait l'envie à tous les princes de la terre de faire la guerre. »

major aperçu au loin, une masse informe que portait sur ses épaules un soldat. Il demanda à Savary d'aller se renseigner. Son aide de camp lui dit que c'était un jeune tambour que l'on dirigeait vers l'ambulance, il avait les deux jambes arrachées. Un des grognards qui était présent me dit que l'Empereur eut un geste brusque.

– Un jeune tambour, dites-vous?... Courez, Monsieur, courez pour savoir son nom, et le numéro de son régiment !

L'aide de camp partit comme un trait. Pendant le peu de temps qu'il fut absent, Napoléon sembla agité d'une émotion qu'il essayait vainement de dissimuler, mais elle n'échappa à aucun de ceux qui étaient présents. Savary revint.

– Eh bien ! Qui est-il ? Demanda Napoléon.

– Sire, il appartient au 4e régiment d'artillerie à pied. J'ai essayé de l'interroger, mais dans l'état où est le pauvre petit, c'est Siébert, et...

– Ah ! Mon Dieu ! Je m'en doutais ! S'écria l'empereur en interrompant son aide de camp. Assez, assez, je n'en veux pas en savoir davantage. Et laissant tomber les rênes de son cheval, il porta ses deux mains à son visage en disant d'une voix tremblante :

– Pauvre enfant ! ... Malheureuse mère ! ...Oh ! La guerre, la guerre !

Puis, il continua tristement sa route. La rencontre du petit Siébert avait profondément attristé l'empereur. Le major général Berthier tâcha de le consoler en lui faisant valoir la gloire nouvelle que la journée d'Eylau ajoutait à ses triomphes.

– Berthier, répondit Napoléon, en de telles circonstances, le cœur parle plus haut que la politique.

Siébert, le digne enfant, avait tenu parole. La veille, en battant la charge avec l'aplomb d'un vieux soldat, au moment où une batterie russe cherchait à démonter celles de son régiment, un éclat d'affût lui avait broyé les deux genoux.

– Feu ! Vive l'empereur ! criait-il, gisant sur le sol.

– A-t-il survécu ?

– Le pauvre enfant supporta la double amputation sans un mot. Son histoire avait bouleversé l'armée entière. Il vécut assez longtemps pour recevoir la Croix d'Honneur que notre Empereur avait envoyé à son colonel. Mais pas assez pour voir accomplir le dernier vœu que le chirurgien-major avait entendu de sa bouche, revoir une dernière fois sa mère avant de mourir. Elle était occupée, loin de là, à panser l'autre fils, lui aussi blessé lors des combats.

Chapitre 11. Hôtel des Colonnes, Mont Saint-Jean. Mai 1860.

– Pauvre enfant ! Monsieur Desmullier, les souvenirs de votre oncle me bouleversent !

– Monsieur Hugo, je sais que c'est le souvenir qui l'émouvait le plus. Chaque fois qu'il le racontait, il avait les larmes aux yeux. Et chaque fois, qu'un quidam lui demandait de raconter les gloires des guerres napoléoniennes, c'est celle du jeune tambour qu'il décrivait. Je suis persuadé que c'était sa façon à lui de bien faire comprendre les horreurs de la guerre.

– Quelles étaient les réactions des personnes ?

– Cela les calmait ! On peut comprendre la mort des adultes, mais pas celle d'un enfant. Et pour ceux qui parlaient de la gloire des armes, sans jamais avoir vu un cadavre sur le champ de bataille, après la fin du récit, ils étaient moins fiers.

– Vous me donnez l'idée d'un personnage pour mon roman ! Mais continuez, je vous prie ! Vous disiez que l'incompétence de certains généraux et les hésitations du maréchal Ney peuvent expliquer cette défaite !

– C'est ce que disait mon oncle. Mais il parlait beaucoup plus de la trahison, pour expliquer ce que Napoléon lui-même qualifiait de « journée incompréhensible ». La question est de savoir s'il y a eu trahison, ou une série de malheureux hasards, permettant ainsi à ce que tous les dispositifs les plus habiles pour gagner cette bataille se retournent sans cesse contre les Français, et contre l'Empereur. Plusieurs fois, ils ont vu la victoire leur échapper.

– Pourquoi parler de trahison ?

– Les soldats se souvenaient d'avoir été vaincus, sans toutefois pouvoir le comprendre l'année précédente. Malgré toutes les victoires de la campagne de France, leur Empereur avait abdiqué, et ils avaient vu tous leurs chefs passer avec une rapidité inouïe dans le camp des Bourbons. Ce qu'ils ne comprenaient pas, ils le dénommaient « trahison ». Un seul homme avait gardé leur confiance, c'était lui. Et puis la merveille du retour de l'île d'Elbe avait accru son prestige. Il était invincible. Enfin, même après cette défaite, une bonne partie de l'armée française était intacte, prête à combattre. Aucun soldat de Grouchy n'avait tiré un seul coup de feu, des corps d'armée s'étaient reconstitués sur la frontière de l'est. Malgré cela, l'abdication, l'arrestation et la déportation sur une île du bout du monde ont eu lieu.

– Vous avez raison, cela paraît difficile à expliquer sans prononcer ce mot terrible. Qu'en pensez-vous ?

– Il y eut des trahisons, c'est certain. Le général Bourmont qui rejoint l'ennemi au début de la campagne. Le paysan De

Coster, qui servait de guide à l'Empereur et qui lui donne de faux renseignements. Le capitaine français, certains ont cité le nom de Du Barail, que l'on voit quitter son régiment au plus fort de la bataille, rejoindre l'état-major de Wellington et l'informer du mouvement de la Garde impériale d'enfoncer le centre anglais. Oui, tout cela est vrai, mais il y a pire que cela.

– Pire ?

– Monsieur Hugo, vous connaissez Achille de Vaulabelle ?

– Oui, bien sûr, député sous la constituante en 1848. C'est la révolution de 1848 et la seconde république qui le conduit à devenir ministre de l'instruction civique par la suite, et c'est Napoléon le Petit qui le chasse.

– J'ai été en contact avec lui, à maintes reprises, et nous avons échangé une correspondance importante. Tenez, lisez cette lettre que j'ai amenée avec moi.

– « Cher Monsieur Desmullier, c'est avec intérêt que j'ai pris connaissance de votre écrit « *Souvenirs d'un voltigeur de la garde impériale»*. Votre oncle a fort bien décrit les péripéties nombreuses et les incroyables évènements qui ont conduit lors de la dernière campagne de L'Empereur, à la défaite de Waterloo. . Vous avez eu la bonté de m'envoyer ce manuscrit, connaissant mon intérêt tout particulier de cette période et auquel je vais consacrer un livre d'histoire, « *l'Histoire des deux restaurations jusqu'à la chute de Charles X* [40] ». Il est vrai que je possède maintenant une documentation importante et des témoignages nombreux, corroboré par des documents précis sur ce que je peux nommer maintenant « La conjuration des cent jours », non pas pour mettre en doute l'incroyable aventure de l'Empereur durant cette période, mais bien pour décrire ce qui conduisit à la chute de l'Empire. Lors de son arrivée sur le sol français début mars 1815, pas moins de trois complots étaient en train de se dérouler en parallèle. Le premier était le fait des fidèles de l'Empereur, sous la conduite du maréchal Davout, un des rares à ne pas avoir prêté serment au roi Louis XVIII, qui avait projeté un coup d'État militaire. Des régiments cantonnés dans le Midi devaient marcher sur Paris, prendre le pouvoir en renversant les Bourbons et appeler Napoléon à revenir, en lui envoyant une escadre basée à Toulon. Le retour de celui-ci le 1 mars rendit ce complot obsolète. Le second voyait, là aussi, des militaires à la manœuvre, mais dans un but plus politique, et en aucun cas pour faire revenir Napoléon au pouvoir. À sa tête, il y avait le général d'Erlon... »

[40] Première édition en 1854, complétée par la suite jusqu'en 1868, date de la septième édition. Éditeur Perrotin. À noter ses innombrables ouvrages sur la bataille de Waterloo.

– Celui qui mena un aller-retour incompréhensible entre les Quatre Bras et Ligny ! L'histoire précise que ce fut à cause des ordres contradictoires que lui donnèrent Napoléon et Ney.

– Monsieur Hugo, que doit faire un militaire quand il reçoit un ordre de son supérieur et un autre ordre du supérieur de son supérieur ? Que lui dicte la loi militaire ?

– Vous avez raison, votre précision est importante. Je poursuis. « À sa tête, il y avait le général d'Erlon, le général Lefebvre, et les deux frères Lallemand, l'un général d'artillerie, l'autre commandant le département de l'Aisne. Eux aussi projetaient de marcher sur Paris à la tête de troupes venant du nord de la France, chasser les Bourbon et mettre à la place le Duc d'Orléans[41], qui s'était engagé à mettre en place une monarchie constitutionnelle, en lieu et place de la monarchie ultra et absolue de Louis XVIII. Ils n'avaient aucun désir d'un retour au pouvoir de Napoléon, de peur certainement des désordres que cela provoquerait en France et en Europe[42]. Inutile de vous dire que pour mener à bien ce projet, et tenant compte de l'opposition grandissante en France face à la royauté, ils devaient citer le nom de

---

[41] Futur roi des Français Louis-Philippe de 1830 à 1848.
[42] Cité dans les mémoires de La Fayette : « la crainte de son retour par ses fidèles serviteurs était tout aussi puissant que d'être débarrassé des Bourbons.

l'Empereur pour leur complot, mais l'engagement le plus formel avait été pris de ne pas le rappeler de son exil. Tout semblait prêt à la fin du mois de février, n'attendant plus que l'ordre de celui qui avait tout manigancé et ordonnancé, Joseph Fouché... ».

– Fouché !

– Oui ! Fouché ! Le ministre de la police !

– Mais pourquoi donc Napoléon l'a-t-il nommé à ce poste à son retour ?

– Lisez la suite, Monsieur Hugo, vous allez comprendre !

– «Joseph Fouché. Celui-ci apprit cependant par une indiscrétion d'un membre de la cour royale que les noms et les objectifs de ce complot étaient connus des services secrets et que les conjurés seraient prochainement arrêtés. Fouché leur précisa qu'il fallait tout de suite mettre les troupes en marche. Certains partirent pour Lille afin de se soulever les régiments le 6 mars, le jour même ou Paris apprenait par une dépêche le retour de l'île d'Elbe. La tentative échoua de par l'attitude assez ferme du maréchal Mortier, commandant la place militaire de Lille, qui s'opposa à eux. Les généraux s'enfuirent et certains furent arrêtés par la suite. Fouché s'arrangea ensuite pour faire croire à Napoléon que ce complot avait pour objectif de l'aider dans sa prise de pouvoir. Diabolique personnage, l'Empereur le crut, lui pardonna ses trahisons précédentes, et le nomma ministre de la police ».

– Ainsi, il avait déjà trahi !

– Oui, Monsieur Hugo ! En 1809, De Vaulabelle a réuni des rapports et auditions de témoins qui sont accablants, il s'associe alors, à son ennemi de toujours Talleyrand, et mène des négociations secrètes avec la Grande-Bretagne. Napoléon l'apprend par ses espions, il l'a alors disgracié en 1810. À cette époque, il négociait directement avec le ministre Arthur Wellesley.

– Le duc de Wellington !

– Oui, le duc de Wellington, avec qui il est en contact depuis fort longtemps. De nouveau, en 1814 avec Murat pour offrir au Comte d'Artois, le futur Charles X, la lieutenance générale du royaume.

– Évidemment, il sait tout, il surveille tout. Mais quelle erreur de Napoléon ! Il devait savoir que Fouché, avec l'aide de Murat, l'avait trahi en 1814. Et pourtant, il continue à prendre conseil.

– Oui, Monsieur Hugo, Napoléon dans le passé, lui avait dit qu'il avait des preuves, mais le Duc d'Orante[43] sait se rendre indispensable. Quand Napoléon revient à Paris, trois jours après la défaite, le 21 juin 1815, il tente de reprendre le dessus. Il a encore des atouts pour y parvenir. Mais Fouché est à la manœuvre. Il lui conseille de demander aux chambres parlementaires l'union sacrée et les pleins pouvoirs. Dans le même temps, après avoir « organisé » les élections des députés et des sénateurs hostiles à l'Empereur, il s'arrange pour que les chambres les lui refusent. Celui qui fut l'ami de Robespierre, puis l'envoya à la guillotine, celui qui trahit le Directoire, l'Empire et la Royauté, ferra durant ces jours de juin 1815, prononcés par ses amis, de l'assemblée, des discours hostiles qui vont précipiter la chute de l'Aigle. L'Empereur avait dit à un proche, en partant pour Charleroi qu'à son retour, il s'occuperait de Fouché. Mais c'est lui, Fouché, qui s'occupa de concevoir le piège de la seconde abdication et de l'exil. La partie d'échecs est finie, Napoléon est mat.

---

[43] Titre de Joseph Fouché.

– Je vais terminer la lecture de cette lettre, Monsieur Desmullier, votre ami avait parlé de trois complots. « Le dernier des trois réunissait Talleyrand, le gouvernement britannique, et notamment le duc de Wellington, et les ambassadeurs autrichien et prussien du congrès de Vienne. Ils étaient persuadés que Napoléon reviendrait pour conquérir un pays et un trône, mais ils pensaient qu'il s'intéresserait à l'Italie et qu'il délaisserait la France. L'Empereur s'était empressé, de par ses comportements et ses déclarations, de les confirmer dans cette erreur d'analyse. Mais son regard continuait à se porter sur la France. Pour éviter un retour sur le continent, sachant que l'île d'Elbe n'était qu'à quelques lieues de la botte italienne, ils conçurent, avec Talleyrand à la manœuvre, soit l'assassinat, soit la déportation sur l'île de Sainte-Hélène que les Anglais avaient déjà prévus comme lieu de détention en 1814. Le Tsar de Russie s'y était opposé, considérant qu'il fallait traiter l'Empereur avec un peu plus d'égard ».

– Sainte-Hélène, déjà !

– Oui, les bruits de son enlèvement et de sa nouvelle destination semblent avoir été portés à la connaissance de l'Empereur par plusieurs sources[44]. C'est pour cela qu'il précipita son départ et son retour en France.

– Je termine. « Voilà, les trois complots que le débarquement à Vallauris rendit sans effet. Je ne manquerai pas de vous écrire de nouveau pour vous apporter d'autres précisions sur les jours qui ont suivi la bataille du Mont-Saint-Jean ». Faut-il encore plus de fourberie pour abattre cet homme !

– Ce diable de Fouché avait tout prévu. Il pressentait que l'Aigle, de retour d'exil ne mettrait pas longtemps à être

---

[44] Le réseau d'espionnage, constitué par des fidèles, fonctionnait parfaitement, il recevait un rapport de ce qui se disait au congrès de Vienne toutes les semaines.

abattue en plein vol. Il avait confié qu'il gagnerait deux, trois batailles, puis perdrait la principale. Ensuite, son rôle pouvait commencer pour permettre à une monarchie parlementaire de s'installer, et ainsi devenir le chef de gouvernement. Dès sa nomination comme chef de la police durant les cent jours, il complota tout de suite avec l'aide de Wellington et de Talleyrand, le retour de Louis, XVIII, la marionnette des Anglais. Pour cela, il fallait des complicités dans l'état-major impérial.

— Que dites-vous ?

— Peu avant sa mort, il a fait brûler tous ses papiers personnels par Jérôme Bonaparte, dans sa résidence de Trieste, ils étaient trop compromettants pour lui comme pour tant d'autres, mais quelques-uns ont survécu à l'autodafé.

— Il n'a pas duré longtemps, après cette dernière trahison !

— C'est exact, Monsieur Hugo, il y a eu finalement une justice. Après le dernier tour de force de prêter allégeance au Roi Louis XVIII, le frère de celui qu'il avait envoyé à l'échafaud vingt ans plus tôt, il sera chassé de France pour crime de régicide, et mourra dans l'exil six mois avant son ancien maître. Il avait oublié une chose, les royalistes n'avaient pas oublié que c'est lui qui avait œuvré le plus pour guillotiner Louis XVI.

— Pourquoi l'Empereur l'a-t-il donc nommé à ce poste ?

– Les papiers que l'on a retrouvés, ont esquissé une intrigue, construite par lui et Talleyrand, après le retour de Napoléon, digne du diable lui-même.

– Le vice appuyé sur le crime[45] !

45 Châteaubriant prononça cette phrase, lorsqu'il vit passé, aux Tuileries, Talleyrand s'appuyant sur Fouché.

**Chapitre 12. Quartier général de l'Empereur, Fleurus,
Le samedi 17 juin 1815, 15 heures.**

Wellington s'est replié sur la route de Bruxelles. Quelle erreur ! Il a pris peur, il pouvait se retrouver pris au piège entouré de nos troupes. La position devant nous est libre, il faut l'occuper de suite.

– On marche sur les Quatre Bras. Dès l'occupation, Gourgaud, faites déployer plusieurs batteries de canons sur toutes hauteurs et pilonner l'arrière-garde anglaise de Lord Uxbrige.

– Le Comte d'Erlon est le plus proche. Il peut prendre la position en moins d'une heure.

– Ney est encore absent. Faites transmettre les ordres directement aux chefs de corps d'avancer sur nous sans tarder, et de ne plus obéir aux ordres du Maréchal.

– Bien Sire !

La pluie ! La pluie tombe à torrents ! Mauvais sort, cela va retarder notre marche et l'avantage énorme que nous avions avec trois fois plus d'artillerie que nos adversaires, les boulets vont s'enfoncer dans la boue, au lieu de ricocher avant l'explosion. Je vois les soldats s'enfoncer jusqu'à mi-jambe. Les convois d'artillerie ne vont plus pouvoir passer. Le temps va nous manquer pour nous déployer complètement, et ensuite attaquer les Anglais. Si j'étais à leur place, avec la pluie et la mauvaise visibilité, je prendrais position dans le bois que j'aperçois et je tiendrais cette position toute la nuit.

– Ordonnez aux cuirassiers de Milhaud de se déployer, et de faire semblant de vouloir charger ce bois !

Et voilà, face à ce stratagème, on voit apparaître maintenant 60 pièces de canon, fortement appuyées. Toute l'armée anglaise s'est arrêtée de fuir. Quelques heures de plus de clarté, sans cette pluie, et la victoire était assurée dès ce soir.

– Qu'on prenne position sur Plancenoit, le village à quelques centaines de mètres sur notre droite. Qu'on établisse le quartier de commandement dans la ferme du Caillou. Que toutes les pièces d'artillerie à cheval suivent les positions de l'arrière-garde ennemie et tirent dessus sans discontinuer.

Il faut qu'ils subissent des pertes importantes, ne pas leur laisser le temps de souffler, de se positionner, de prendre des décisions.

– Ils sont positionnés près de la forêt de Soignes, plus de 90 000 hommes, une artillerie conséquente, Sire !

– Impossible de les déloger ce soir. Établissez les bivouacs, on part à la ferme du caillou. Nous allons dresser les plans pour la bataille de demain. Elle sera décisive.

Nous sommes à 4 ou 5 lieues de Bruxelles, un jet de pierre.

– Gourgeaud, quelle est la situation de l'armée.

– Le premier corps avec Erlon 18 000 hommes, le second avec Reille 15 000, le troisième avec Domon 9 000, la garde 16 000, les cuirassiers et le corps de Pajol, 9 000.

– Soit 67 000 hommes, les canons ?

– 240 bouches à feu, Sire.

– Reste Grouchy sur notre droite. Il a dû marcher vers la ville de Wavres, pour coller à Blücher. Faites partir les coursiers avec la note suivante : « Demain se déroulera une grande bataille. L'armée Anglo-Hollandaise est en position en avant de la forêt de Soignes. La gauche de Wellington est appuyée sur le village de la Haie. Le maréchal prussien que vous poursuivez prendra l'une des décisions suivantes : faire retraite sur Liège, se retirer vers Bruxelles, ou rester en position sur Wavres. Dans tous les cas, il faut que vous manœuvriez par le village de Saint-Lambert, pour déborder la gauche de l'armée anglaise, et venir rejoindre la droite de notre armée présente ici.

S'il exécute ce que je lui demande, la victoire est à nous.

– Et ta blessure, Ferdinand !

– La douleur est supportable, je l'oublierai presque !

– Bivouac, a dit notre Empereur. Alors, bivouaquons ! Ferdinand, existe-t-il un homme capable de lui tenir tête ouvertement ?

– Oui, on m'a dit que le général Rapp, son aide de camp durant 15 ans, lui a parfois exprimé ouvertement ce qu'il pensait. Il fut le seul à le blâmer durant l'époque de son divorce avec Joséphine. Il fut le seul à lui dire que l'expédition au-delà du Niémen[46] était une erreur, il en avait prévu le désastre. Pourtant Napoléon l'adore, lui pardonne tout. Il doit penser que c'est le seul homme

[46] Campagne de Russie.

franc et sincère de son entourage. Prisonnier des Russes, c'est à Kiev qu'il a appris l'abdication, et la capitulation des autres généraux l'année dernière. Il a sauvé à plusieurs reprises l'Empereur d'une mort certaine.

– Comment ?

– En 1809, un jeune Allemand, dont j'ai oublié le nom a tenté de le tuer. Il a voulu s'avancer, son attitude a fait naître des soupçons chez Rapp, qui l'a fait de suite arrêter. Il était porteur d'un couteau. C'est Rapp aussi qui l'interrogea, il parle allemand.

– Pourquoi vouloir le tuer ?

– Ce jeune homme considérait que notre Empereur était un ennemi de l'Allemagne. Napoléon a voulu le gracier s'il prenait l'engagement sur son honneur de ne plus recommencer. Il a refusé, alors il a été condamné et fusillé. L'autre fois, ce fut sur le champ de bataille, il a dégagé l'Empereur avec son sabre. Il a repoussé une attaque de cosaques à Gorodina en octobre 1812. On dit qu'il a reçu près de 30 blessures, dont quatre en une heure lors de la bataille de la Moskova. Un brave parmi les braves. On raconte aussi qu'un jour, Napoléon voulait qu'il aille avec lui suivre une messe. Rapp lui a dit.

– Ah, non ! C'est bon pour vous, et pourvu que vous ne nommiez pas les prêtres comme vous nommez les cuisiniers, je m'en fous !

– On aurait eu besoin de lui, dans cette campagne.

– Tu as raison, Pierre. Mais l'Empereur a préféré qu'il prenne le commandement de l'armée du Rhin pour garder les frontières de l'Est.

– Et Grouchy ?

– Pourquoi cette question, Pierre ?

– Tu le sais ! On dit beaucoup de choses sur lui, et pas toujours en bien.

– N'oublie pas qu'il fut en disgrâce et a rejoint Napoléon rapidement en mars.

– C'est un aristocrate. On dit qu'il a toujours été méfiant envers Napoléon.

– Méfiant et partagé, il était contre le coup d'État du 18 brumaire, et l'a fait savoir ouvertement. Pourtant, il s'est toujours distingué sur les champs de bataille.

– On dit qu'il n'est pas aimé par ses pairs.

– Non, il est d'un esprit étroit et vindicatif. Il est surtout détesté par Vandamme.

– Pourtant, ils doivent s'entendre. Vandamme est sous ses ordres.

– Oui ! As-tu remarqué que Soult reste souvent à l'écart de l'Empereur. Il est jaloux que celui-ci donne des ordres à Gourgaud, son aide de camp, le laissant, lui, Maréchal Soult, Major-Général de l'Armée en retrait. Autre cas flagrant de jalousie entre les chefs. Ils passent leur temps et leur énergie à s'envier, à scruter si Napoléon respecte la préséance des grades. Ils sont devenus des hommes de cour, courant après les honneurs que s'est empressé de leur donner Louis XVIII, avec moult distinction et argent. Tout cela n'est pas étranger à ce qu'ils sont devenus.

Chapitre 13. Quartier général de l'Empereur, Ferme du Caillou.

Le dimanche 18 juin 1815, 5 heures.

Une dépêche de Grouchy m'indique qu'il est informé que l'ennemi part sur Wavres. Il partira à la pointe du jour pour le talonner. Il devrait déjà y être.

– Envoyez un message au Maréchal sur Wavres, qu'on s'assure qu'il a bien reçu le message de la vieille, lui indiquant que la bataille va commencer, qu'il fasse mouvement vers notre droite.

Nous sommes dimanche. Il continue à pleuvoir, deux jours que la pluie tombe, et que cela n'arrange pas notre affaire. Les feux des campements ennemis dans la nuit nous ont confirmé leur nombre, de 85 000 à 90 000 hommes. Le nombre de leurs canons est plus important que je ne le pensais. Ah, voici Ney.

– Sire, je viens vous annoncer qu'après avoir visité les lignes ennemies, je pense pouvoir vous préciser que Wellington a commencé sa retraite, et que si vous ne vous hâtez pas de les attaquer, ils vont nous échapper[47].

---

[47] Déclaration authentique, faite le 18 au matin.

Pauvre Prince de la Moskova, il me paraît incapable de comprendre la situation. Wellington ne battra pas la retraite ce matin, sinon il l'aurait déjà amorcé cette nuit. Il est prêt à faire face à un combat. Il se sait supérieur en nombre. Il pense que Blücher va le rejoindre sur sa gauche, et ainsi nous écraser.

– Messieurs, nous allons faire le point de la situation pour la bataille d'aujourd'hui. Maréchal Soult, donnez les précisions.

– Bien, voici la situation. L'armée anglaise est devant la forêt de Soignes. Il n'existe qu'une seule chaussée pour les communications avec Bruxelles. Leur retraite sera difficile. L'ennemi occupe un plateau. Leur droite est appuyée par un ravin, au-delà de la route de Nivelles. À leur gauche, les hauteurs de la Haie. Au centre, les fermes de la Haie-Sainte et d'Hougoumont sur les ailes, et au centre, le village du Mont-Saint-Jean. Ils n'ont pas fortifié leur position, ni redoute ni barricades. Il n'y a pas d'obstacle naturel devant leurs lignes de front.

– Messieurs, voici les dispositifs à prendre. Général Reille avec le second corps, votre droite sur la chaussée de Charleroi, votre gauche à celle de Nivelles. Vous mettrez sa cavalerie au-delà de la chaussée face au bois. Général Erlon, votre gauche sur la chaussée de Charleroi, votre droite sur la gauche des Anglais, face au village de la Haie, votre cavalerie face à la rivière de la Dyle. Général Kellermann, vous serez en seconde ligne, derrière le second corps de Reille. Général Milhaut vous vous positionnez en seconde ligne derrière Erlon. Comte de Lobau, vous vous formez en colonnes serrées sur la droite de la chaussée de Charleroi. Vous êtes la réserve du premier corps. La garde sera la troisième ligne, elle formera la réserve générale. Son infanterie au centre, la division de la cavalerie du général Lefebvre à droite, la division des grenadiers et des dragons à cheval à gauche. Le plan est simple, percé le centre de l'armée ennemie, la pousser sur la chaussée et leur couper la retraite à droite et à gauche. Le succès de cette opération permettra de rendre impossible toute retraite et permettra la destruction complète de l'armée anglaise. Général Reille, vous donnerez le signal général en démarrant la canonnade pour chasser l'ennemi du bois d'Hougoumont. Messieurs, en place !

– Je pense à Nathalie, Ferdinand !

– C'est normal, on est à quelques instants d'une bataille importante. On se raccroche à des souvenirs agréables. Tu ne me l'as décrit ! Parle-moi d'elle !

– Blonde, les yeux clairs, un teint soyeux, un visage délicat, un petit nez en trompette que j'adore et qu'elle déteste. Des formes agréables à regarder, et certainement à toucher, mais pour cela il faut que j'attende le mariage. Elle est sérieuse.

– Tu m'as dit que ses parents étaient favorables à votre mariage !

– Oui, mais en même temps, je suis inquiet. S'ils ont accepté, c'est à cause de l'uniforme et du prestige, mais je n'ai pas grand-chose à offrir, mes parents ne sont pas bien riches. Par contre les siens ont du bien, enfin de la terre. C'est aussi pour cela qu'on lui tourne autour. D'elle, je n'ai pas de crainte, mais de ses parents, ils peuvent se laisser influencer, notamment par le maire du village. Il voulait la marier, et ayant su que nous étions fiancés, il est allé les voir pour vanter ses qualités, mais surtout sa richesse. C'est le plus gros propriétaire du canton. Un triste sire, noble de par la terre qu'il possède, royaliste avant la révolution, révolutionnaire au moment de la convention, thermidorien à la chute de Robespierre, bonapartiste après le 22 brumaire, et de nouveaux royaliste ultra à la restauration.

– Quel âge a-t-il ?

– Je crois qu'il est né en 1770, cela lui fait 45 ans. Il a déjà été marié, mais sa femme est morte, sans enfant. Alors il voulait une jeunette pour lui faire des petits. Nathalie le déteste, comme la plupart des habitants du village, mais s'il m'arrivait malheur...

– Pourquoi donc, t'arriverait-il malheur ?

– Ferdinand, il faut que tu me promettes !

– Quoi donc ?

– Si je suis tué, tu iras la voir, tu lui raconteras, tu lui diras que je pensais à elle quand cela est arrivé, et puis tu l'épouseras.

– Tu es fou !

– Non, tu m'as dit que tu étais libre. Je ne veux pas qu'elle épouse ce vaurien. Elle a le droit d'être heureuse. Tu lui ferras ta cour, et puis si elle veut bien de toi, tu l'épouseras. Elle a du caractère, crois-moi. Si elle accepte, c'est qu'elle saura que tu peux la rendre heureuse. Jure-le-moi !

– Tu es fou à lier !

– Jure-le-moi ! Sinon, si je dois mourir, je ne serai pas libéré quand le moment arrivera.

– Je te le jure.

– Plus fort !

– Oui, Pierre, je te promets !

– On a raison de dire qu'on est des immortels. Regarde, on est en troisième ligne.

– Comme toujours, on est la réserve générale, celle qui fait la différence. L'Empereur peut très bien ne pas nous engager, mais aujourd'hui il sait qu'il aura besoin de nous. Il pourrait nous engager vite, pour faire la différence, donner l'avantage décisif, enfoncer les lignes adverses. Quand l'ennemi nous voit avancer, il pense qu'il a peu de chance d'en réchapper, il a tendance à se disloquer et à s'enfuir. C'est aussi pour cela que l'on combat en grande tenue, qu'on a les plus beaux uniformes, les meilleurs musiciens qui frappent à une cadence soutenue sur les tambours, que l'on doit être grand, et que l'on apprend à regarder droit devant nous, plus exactement à regarder droit dans les yeux de nos ennemis.

– Les canons de Reille sur notre droite, c'est parti.

Chapitre 14. Régiments de la garde, Plancenoit

Le dimanche 18 juin 1815, 11 heures.

Reille a engagé. Jérôme[48], il doit avec sa division chasser l'ennemi du bois de Hougoumont

– Envoyez un message au prince Jérôme, qu'il occupe le bois, en faire un point de fixation.

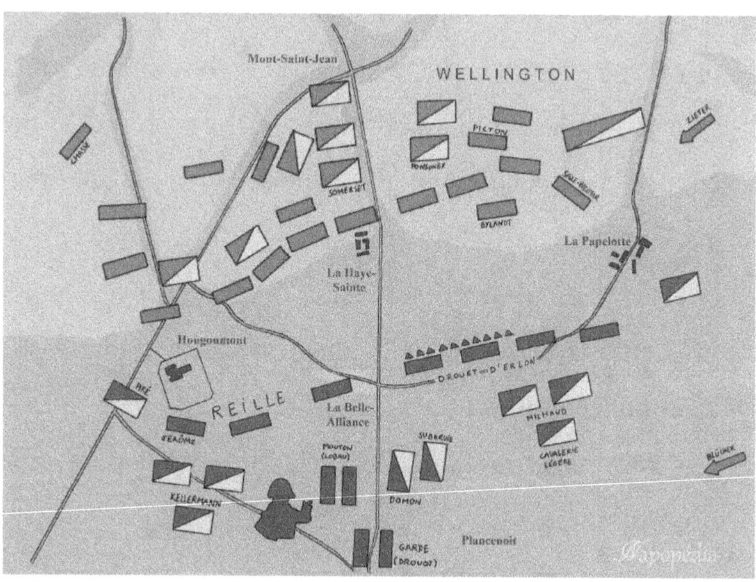

Décidément, mon frère est un piètre militaire, il fonce tête baissée sans aucune préparation d'artillerie, il va réussir à les bousculer, mais sa division est en train d'être massacrée.

---

[48] C'est le plus jeune frère de Napoléon.

Cette ferme fortifiée permet à nos ennemis de tenir la position.

– Un message au général Reille, qu'il mette le feu à cette ferme avec une batterie d'obusiers.

C'est l'élite de l'armée anglaise qui se trouve dans ce bois, semble-t-il, la division des gardes du général Cooke. J'aperçois tout au loin un corps de soldats, plusieurs milliers d'hommes. Qui est-ce ? Si c'est Grouchy, la victoire est à nous, s'en est finie de Wellington.

– Des émissaires pour savoir qui est ce corps d'armée sur notre droite.

Les voici de retour.

– Sire, nous avons intercepté une ordonnance, porteur d'une dépêche, c'est l'avant-garde de Bülow.

– Maréchal Soult, envoie une dépêche de suite à Grouchy, avec le message intercepté, qu'il se presse de nous rejoindre. Combien de temps pour le joindre ?

– Deux heures, tout au plus !

Alors, il pourra surprendre Bülow et ses troupes par l'arrière et les décimer.

– En attendant le général Grouchy, il faut nous protéger de cette arrivée, Soult, il faut envoyer le lieutenant général Domont avec sa cavalerie. Qu'il occupe toutes les positions pour les empêche de se positionner sur notre flanc, qu'il envoie des coursiers à Grouchy pour le presser de franchir la Dyle et nous rejoindre. Que le général Lobau avec deux divisions se mette en seconde ligne au cas où Grouchy n'arrive pas à temps pour les arrêter. Dites à Ney avec le premier corps d'attaquer et de s'emparer de la Haie-Sainte. Qu'il attaque sur leur centre. Cela va provoquer des mouvements de désordre sur leurs ailes, l'on verra ainsi toutes les forces en présence.

— Messieurs, suivez-moi ! Nous allons nous mettre sur cette hauteur, près de la ferme de la Belle-Alliance.

— Le voilà qui passe devant nous, Ferdinand !

— Et comme toujours, il déclenche des salves d'acclamations ! Je vois que les officiers ne sont pas contents, ils n'arrivent plus à se faire entendre de leurs troupes.

— Où, va-t-il ?

— Il va certainement se positionner avec son état-major sur la hauteur, près de cette ferme. De là, il peut tout voir, nos flancs comme ceux des troupes ennemies. Il pourra deviner les mouvements des Anglais. Attendons l'ordre de marche.

– Que vas-tu faire après ?

– J'ai quelques économies. J'aimerais acheter une petite cense[49], cultiver les terres, et puis comme beaucoup, l'hiver je pourrai tisser et filer. Le maire de Wattrelos[50] Louis-Joseph Deplasse m'a dit qu'il m'aiderait pour la ferme du « petit Beaulieu ».

– T'aider comment ?

– Pour acheter la machine à tisser. La mairie pourra l'acheter, et je pourrai rembourser petit à petit, en vendant les pièces de tissage. La municipalité veut développer l'artisanat du textile pour sortir les gens de la misère. C'est avant tout un bourg agricole, mais la terre ne suffit plus à nourrir la population.

– Tu seras seul.

– Oui, mais un jour, peut-être je pourrai fonder une famille et puis, je pourrai embaucher un manouvrier ou deux, mais ce ne sont que des projets. Voyons comment cette bataille va se dérouler.

– Je me trompe, Ferdinand, mais il me semble l'Empereur est de bonne humeur.

---

[49] Désigne une ferme dans le nord de la France.

[50] C'est une petite commune essentiellement agricole en ce début du XIX siècle. Par la suite, les censes exploitent de petites parcelles, et le complément de revenus est apporté par le tissage pratiqué dans une pièce de la ferme par la famille durant l'hiver ou le soir, après les travaux agricoles durant les autres saisons.

– Oui, il a dit à Ney qu'on avait 90 chances sur 100 de l'emporter, la phrase a fait le tour des régiments. Tu as entendu, il vient de crier « Magnifique, magnifique[51] ».

– Il est vrai que maintenant, toute l'armée est rassemblée en six lignes. Elle forme six V, comme Victoire, vue de loin.

– Regarde, voici la compagnie de sapeur qui défile devant lui. On dit qu'il leur a demandé de se barricader dans le Mont-Saint-Jean, dès le village enlevé, et de résister coûte que coûte.

– Notre artillerie bat la mesure, toutes les pièces font feu. Regarde les ravages qu'on leur inflige. Leurs régiments reculent pour se protéger.

– Nos premières lignes avancent Pierre. On dirait que leurs convois de bagages refluent sur la route de Bruxelles[52].

---

[51] Authentique, et cité par Victor Hugo dans son livre.
[52] Ils prirent la direction de la capitale et semèrent la panique, indiquant que les troupes françaises les talonnaient.

Chapitre 15. Régiments de la garde, Plancenoit

Le dimanche 18 juin 1815, 16 heures.

Ils ont lancé plusieurs charges de cavalerie sur le flanc de Reille. Elle est bousculée.

– Envoyez un message à Milhaud, qu'il envoie une brigade de cavalerie, avec une partie de la cavalerie de la garde, il faut reprendre les positions occupées par le premier corps.

L'ordre est rétabli, la Haie-Sainte est prise, nous en sommes maîtres. Ils renforcent Hougoumont, Reille soutient l'attaque de Jérôme. La majorité des bois et des positions est sous notre contrôle, l'élite de la garde anglaise est défaite.

– Une estafette du général Domont, Sire, l'avant-garde de Bülow s'est mise en marche.

– Et Grouchy ?

– Toujours aucune nouvelle Sire !

Tout le corps d'armée de Lobeau est engagé contre les Prussiens, cela nous prive de ses forces, mais leur feu commence à nous faire quelques ravages sur notre aile droite.

– Envoyez la garde de la division Duhesme porter secours et arrêter les Prussiens.

C'est fait, nos troupes ont coupé les communications entre ceux-ci et les Anglais, le village de la Haie est entre nos mains. Il est six heures et aucune nouvelle de ce maréchal. Comme je regrette de l'avoir utilisé, soit il est incapable de commander une armée complète de 35 000 hommes, soit il ne comprend pas mes ordres, soit…Je n'ose imaginer, c'en est fini de nous ce jour.

– Sire, la Haie est prise, Bülow a arrêté son offensive.

– Dites à Ney qu'il se retranche à la Haie-Sainte, et qu'il se maintient sur ses positions, il faut attendre les troupes de Grouchy avant de poursuivre et de culbuter les Anglais.

La cavalerie du prince les enfonce, mais que fait-il ? Il n'a pas respecté mes ordres, il les poursuit et dégarnit la Haie-Sainte. Il est vrai que les carrés anglais sont bousculés, leurs batteries se sont tues, mais c'est une manœuvre trop audacieuse, les flancs ennemis vont se refermer sur lui.

– Dites aux cuirassiers de Kellermann de se porter à son secours. Si la cavalerie de Wellington les repousse, la bataille est perdue.

On a repris l'avantage, malgré le manque de clairvoyance de Ney. La colonne prussienne est défaite, leur retraite est coupée. Les Anglais reculent, nous sommes maîtres de la situation sur le terrain. La bataille est gagnée, malgré la défection de Grouchy. Il est temps maintenant de lancer une bataille décisive, de lancer la garde et de terminer cette journée victorieuse.

– Nous sommes vainqueurs, Ferdinand ! On va être engagé, l'avant-garde prussienne est défaite, et les Anglais sont en retraite sur la route de Bruxelles.

– On entend la canonnade sur notre aile droite, cela doit être le maréchal Grouchy, il n'est pas trop tôt, il sera arrivé pour la fin, il ne lui restera que les miettes. Mais que font ces régiments de la seconde ligne, ils sont en train de refluer vers nous ?

– L'empereur les a vus, il les harangue pour qu'ils retournent à leurs places.

– Regarde, Pierre. Notre cavalerie recule. Mais pourquoi, qu'ont-ils vu pour faire ce mouvement arrière ?

– On nous engage, on a l'ordre d'avancer !

– Bizarre, l'Empereur nous pousse d'avancer et son état-major a l'air de paniquer.

– On est près des lignes ennemies. Soldats, on repousse tout ce qui se présente devant nous, on tient ferme, on est invincible, je suis votre capitaine, regardez-moi dans yeux, vous ne devez pas reculer, il en est de notre honneur. Regardez notre général Friand, il va partir dire à notre Empereur que nous tenons. Nous sommes inébranlables malgré le feu ennemi. Soldat...

À ce moment-là, une balle explosa la tête de notre capitaine, c'est fini pour lui, de marcher à reculons, c'était un brave.

Chapitre 16. Hôtel des Colonnes, Mont Saint-Jean. Mai 1860.

– Ainsi, Blûcher arrivait, et l'on attendait Grouchy !

– Oui, Monsieur Hugo, ils attendaient tous Grouchy, mais ce fut Blücher. Notre cavalerie qui était sur une hauteur l'avait vu aussi, c'est pour cette raison qu'elle prit une autre position en arrière, de peur d'être coupée de nos lignes d'infanterie et les régiments se sont adossés à la garde, pour pouvoir résister. Les Anglais avaient fait la jonction avec les troupes prussiennes, et comme ils avaient dégagé la route d'Ohain, ils avaient permis à la réserve de Wellington de prendre position. Les ennemis qui avaient commencé la retraite en désordre semblaient reprendre le dessus. À 5 heures, nous étions victorieux, à six, nous étions défaits. Blücher avec toute son armée avait repris le village de la Haie. Une partie de nos régiments étaient séparés du corps principal, la panique s'empara de l'armée, on ne pouvait plus rien contrôler. Cela se comprend aisément, nos troupes stationnées à la droite de la ligne avaient cru que c'était l'armée de Grouchy qui arrivait pour les aider. Au lieu de cela, Blücher les attaqua férocement, ils se crurent trahis, toujours ce sentiment qui plana durant toute la bataille, et au lieu de se retirer dans l'ordre, protégeant les autres régiments, ils se disloquèrent et prirent la fuite, entraînant, petit à petit toute l'armée dans un vaste mouvement de panique. Hormis la garde, une grande partie de l'armée se disloqua. Les quatre régiments de la vieille garde qui faisait route pour les renforcer, durent prendre position sur la droite pour éviter que les troupes venant de la Haie ne soient détruites par les Prussiens.

– C'était fini !

– Pas tout à fait, un dernier ordre donné par l'Empereur pouvait encore sauver l'essentiel et éclatait la ligne ennemie. Il donna l'ordre que les huit bataillons de la Garde enfoncent le centre de Wellington. C'est alors que le dernier coup du sort nous frappa. Le capitaine Du Barail se détacha, fit un signe de reconnaissance aux bataillons anglais et disparut dans leurs lignes.

– On n'a aucune preuve de sa trahison !

– Monsieur Hugo, des officiers anglais l'ont cité plus tard dans leurs mémoires. Charles Du Barail était un cavalier du second régiment de carabinier, donc vêtu de blanc, et les témoins ont bien cité un cavalier en tenue blanche sorti des rangs français au moment où toute la garde impériale avançait sur le centre de Wellington. Savoir si c'était bien lui ? Et sa nomination quatre mois après la bataille par les Bourbons, comme chef d'escadron du premier régiment de la garde royale, corps formé uniquement pour la sécurité du Roi, puis promu chevalier de la Légion d'honneur, c'est troublant.

– Y avait-il le moindre espoir encore de gagner cette bataille ?

– Personne ne peut l'affirmer, cependant malgré un début d'offensive de la garde qui enfonçait les régiments anglais, le renfort des tirailleurs et les batteries anglaises brisèrent leurs rangs, et la garde recula, provoquant la panique et la débandade dans les autres divisions.

– Que disait votre oncle du chemin creux d'Ohain ?

– Avant que toute la cavalerie française ne se précipite sur les Anglais, les rangs de Wellington se repliaient. Napoléon avait interrogé le guide flamand De Coster. On ne le voyait pas du plateau où se trouvait l'état-major, il lui demanda s'il existait un obstacle, il répondit que non. Pourtant les gens de la région connaissaient ce chemin creux, deux toises[53] de différence entre le plateau et celui-ci. On ne le voyait que le nez dessus. Quand les soldats de Milhaud sont arrivés devant, cela n'a pas arrangé leurs courses. Les rangs de cavaliers se sont poussés. Les chevaux ont dû paniquer, et leurs cavaliers n'ont plus su quoi faire. D'autres régiments ont, par la suite, contourné l'obstacle.

[53] Soit quatre mètres.

– Votre oncle vous a parlé de la retraite ?

– Ce ne fut pas une retraite, mais une déroute, une débandade, une débâcle. Quand la garde a reculé, la ligne a voulu se réfugier derrière eux. Cela les a gênés, et a provoqué encore plus de pertes. Ils étaient à un contre dix. Pourtant, les quatre derniers bataillons de la garde qu'avait envoyés l'Empereur qui étaient disposé en carré sur la seconde ligne de front ont résisté longtemps, ils sont tombés les uns après les autres, ils se sont alors repliés lentement, très lentement, sauvant ainsi l'Empereur et une partie de son état-major. Décimés, ils se sont retirés au pas, reformant et réformant sans cesse le carré. Et puis, ils furent anéantis. De son lieu d'observation, l'Empereur devait les voir, il a dû comprendre que si sa garde impériale reculait et mourrait, c'en était fini de la campagne. Il était 9 heures du soir au Mont-Saint-Jean.

Chapitre 17. Centre du second régiment de grenadiers.

Le dimanche 18 juin 1815, 21 heures.

C'est fini, ma garde est défaite. Les escadrons de mon escorte personnelle sont décimés. Il ne reste rien. Je me suis réfugié au galop dans le carré de ce régiment, pour l'instant, il tient. Deux corps de cavalerie ennemis bousculent le peu de français en ordre de bataille.

– Escadrons de service, chargez ces cavaliers !

Ils sont trop peu nombreux, il aurait fallu toute la division de cavalerie de réserve de la garde pour les contenir, mais je les ai vus s'engager sur le plateau sans mon ordre, trop tard. Les bataillons de la garde plient, ils reculent de nouveau, ils sont maintenant envahis par nos fuyards et tirés à bout portant par les ennemis. Je vais me replier à la gauche de Plancenoit, je vois un régiment en réserve avec deux batteries. La nuit tombe, j'essaye de contenir et de hurler des ordres aux bandes de fuyards de notre armée. Ils ne me reconnaissent plus. C'est fini ! Il ne me reste que la mort pour me sauver de ce déshonneur !

– Ah, Sire, nos ennemis ne sont-ils pas déjà trop heureux !

Soult tire la bride de mon cheval, et me traîne sur la route. Rien n'est perdu, il faut que je réagisse.

– Prenons la route de Charleroi. Envoyez des coursiers à Grouchy, nous avons perdu la bataille. Qu'il se replie sur la route à Namur, passe la Sambre et se dirige à Laon pour rejoindre l'armée qui se tient là-bas.

Nous voici à Jemmapes, il ne me reste que quatre officiers avec moi, les autres sont morts, en mission ou en fuite. Je me suis arrêté sur cette route. Pourquoi ? Pour voir toutes les armes, infanterie, cavalerie, artillerie se mélanger, se bousculer, se battre pour fuir le plus loin possible de cet amas de chair, de sang et de ferraille que sont devenus le Mont-Saint-Jean et les lieux aux alentours. Les chariots, les caissons sont renversés sur le bas-côté. À combien, nos pertes ? Des dizaines de milliers sans doute, sans compter les blessés que l'on doit abandonner à leur sort.

Marie « tête de bois » s'approche de l'Empereur en rampant, elle sait qu'elle va mourir, la mitraille l'a touchée. Elle s'est dit que c'était le moment de le voir pour la dernière fois. Il la regarde, il la reconnaît. Il l'a vu tellement de fois, et il se souvient de son fils, un jeune tambour et de son mari, morts le même jour.

– Pierre, tu ne bouges plus. Tes yeux sont grand ouverts, et ton corps me bloque et m'empêche de me relever. Il ne reste rien de notre carré, à part les corps entassés tout autour de moi. Notre régiment n'existe plus, je dois être l'un des rares survivants, mais pour combien de temps ? Les Anglais sont partis plus loin, un silence envahit l'endroit où je suis. Il faut que je bouge. La nuit tombe. Je vois un homme, ennemi ? Non, un tirailleur de la ligne, il vient près de moi, il s'arrête, il se baisse, mais que fait-il ? Ah, j'ai compris, il détrousse les cadavres de la garde. Évidemment, il pense pouvoir récupérer de l'argent, je le vois enlever les boucles d'oreilles de mes compagnons. Approche, donc ! Mon fusil est chargé, c'était ma dernière balle. Il tire Pierre au-dessus de moi. Il a l'air surpris de me voir vivant. Et encore plus surpris quand il reçoit ma décharge ! Sans le vouloir, il m'a aidé à me dégager. Je m'assois, j'ai soif ! Il faut que je récupère un peu. Après j'irai voir si je peux rejoindre les autres régiments de la garde qui n'ont pas été décimés. Avant, il faut que je voie la blessure de Pierre.

Il est mort, son pouls ne bat plus. Il ne rejoindra pas ses parents, sa fiancée, son village. Il faut que je bouge, que je m'éloigne, que je fuie de cet endroit maudit, de cette plaine remplie des cadavres de mes frères.

Chapitre 18. Hôtel des Colonnes, Mont Saint-Jean. Mai 1860.

– Des détrousseurs de cadavres ! Votre oncle vous en a parlé !

– Oui, Monsieur Hugo, c'était assez courant à la fin des batailles, il me disait que lui et ses compagnons de la garde tiraient à bout portant sur tous, y compris sur ceux qui détroussaient les ennemis. Ces méprisables pillaient tout ce qu'ils trouvaient, l'or l'argent, les montres, les tabatières, même les dents[54].

– Qu'a dû penser l'Empereur du non-respect de ces ordres par Grouchy ?

– Tenez, voici une autre correspondance d'Achille Vaulabelle que j'ai emmené avec moi pour vous la montrer.

– « Cher Monsieur Desmullier, c'est avec plaisir que je peux vous apporter les réponses à vos questions. Nul ne pourra dire que les éléments que je vais vous délivrer apportent toute la vérité sur les évènements de cette campagne, mais ils peuvent y contribuer. Dans la missive que

---

[54] Après la bataille de Waterloo, les milliers de cadavres ont suscité l'intérêt des déserteurs, des locaux ou des charognards venant expressément de Grande-Bretagne. Les dents ont été arrachées et revendues aux "dentistes" de l'époque pour être triées et taillées. Le terme "Waterloo Teeth" s'est ensuite appliqué aux récupérations de dents sur les champs de bataille du XIXe siècle.

l'Empereur reçoit du Maréchal qu'il avait mandaté pour suivre et ne pas perdre les Prussiens, le jour même de la grande bataille, Grouchy lui écrit ceci : *D'après leur rapport, la masse des Prussiens se retire sur Wavre, je la suivrai dans cette direction afin qu'ils ne puissent gagner Bruxelles et les séparer de Wellington.* Ainsi, l'Empereur était de droit de croire que Grouchy ne perdrait pas Blücher de vue, et qu'il empêcherait la jonction des deux armées. Aussi, confiant, il pouvait attaquer l'armée anglaise. Cependant, tout indique que le maréchal avait fait camper son armée à Gembloux, une dizaine de lieues du Mont-Saint-Jean et ignorait tout de l'endroit où se trouvait Blücher. La dernière missive de Soult à Grouchy, au plus fort de la bataille du Mont-Saint-Jean est la suivante : *L'Empereur m'ordonne de vous dire que vous devez toujours manœuvrer dans notre direction, pour être en mesure de tomber sur les troupes ennemies qui chercheraient à inquiéter notre droite et à les écraser.* Grouchy maintiendra tout le reste de sa vie qu'il n'a jamais reçu les derniers ordres de l'Empereur. Même en admettant ces faits, pourquoi donc en entendant fortement le canon non loin de son bivouac, ne prit-il pas les dispositions nécessaires pour accourir au « son du canon » comme le recommandèrent l'ensemble des généraux de son état-major ? Le général Gérard, dès le matin du 18, lui demanda pourquoi il ne faisait pas route sur les

Quatre-Bras. Plus tard, Grouchy s'arrêta dans le village de Walhain et déjeuna. De nouveau Gérard lui demanda pourquoi, il ne se pressait pas. À ce moment, tout l'état-major entendait le bruit de la cantonade dans la direction de l'armée de Napoléon. D'après les témoins, la terre en tremblait. Le maréchal lui-même dit que cela était une seconde bataille de Wagram[55]. On fit appeler le propriétaire de la demeure qui déclara que le son provenait de la forêt de Soignes. Le général Gérard insista de nouveau pour partir sur-le-champ, mais Grouchy objecta qu'il devait suivre l'ennemi. Gérard lui demanda alors la permission avec son corps de faire mouvement en direction de la bataille qu'il entendait. À ce moment le général Valazé entra avec un guide de la garde impériale qui déclara que cela se passait au Mont-Saint-Jean et qu'on pouvait y être dans trois heures. Tous les officiers présents le suppliaient de partir dans cette direction. Il refusa et donna l'ordre de continuer la marche sur Wavres. Ne voulant pas changer ses ordres, sourd aux demandes de son état-major, il poursuivra sa route, tournant le dos à la bataille. Gérard, devant tant de mauvaise foi, dit à l'un de ses proches, « quand un homme de cœur est le témoin impuissant de tout ce qui se passe depuis ce matin, quand il reçoit des ordres pareils à ceux-ci, et que le devoir le force à obéir, il ne lui

[55] Ce fut la plus meurtrière des batailles de l'Empire.

reste qu'à se faire tuer. Il prit le commandement d'un bataillon, se porta rapidement au-devant de l'ennemi, là où le devoir le commandait et mourut frappé d'une balle en pleine poitrine.

– Incompétence de Grouchy ! Peur de prendre des dispositions contraires aux derniers ordres de l'Empereur !

– Je ne crois pas, Monsieur Hugo ! Quand Grouchy reçut, plus tard, l'ordre de l'Empereur de battre en retraite en France, il accomplit aux dires des stratèges militaires, la plus fantastique retraite, un exemple encore cité dans les académies d'officiers, battant à plusieurs reprises les Prussiens et quasiment sans pertes humaines. Il fit des centaines de lieues, et rendit enfin, mais avec retard, l'armée de Blûcher impuissante et inapte au combat[56].

– Alors, il en reste qu'une possibilité !

– Plus tard, après son exil prudent aux États-Unis, il revint en France, et fut rétabli dans ses titres et fonctions avec grades et honneurs. La trahison est certaine, mais la seule question qui reste est la suivante : l'a-t-il fait de sa propre initiative ou l'a-t-il fait en accord avec la coalition ennemie ?

– Qu'est devenu votre oncle, Monsieur Desmullier ?

[56] Authentique.

Chapitre 19. Route de Namur.

Le dimanche 18 juin 1815, 23 heures.

Je me suis mis en route, à travers cet amas de troupes défaites, qui s'enfuient au plus vite des combats. J'ai vu les Anglais fusiller à bout portant les blessés et tirer sur ceux qui se rendaient. Au clair de lune, je vois des Prussiens sabrer nos soldats. Il faut que je vive, il faut que je raconte cette horreur, ils ne font aucun prisonnier, ils tuent ceux qui se rendent ou qui fuient. Je le vois, il est à quelques pas de moi, il essaye de donner des ordres, de rétablir la cohésion, il n'y arrive pas, toutes les armes sont mélangées, l'Empereur n'a plus d'autorité. Il ne reste que des hommes, sans encadrement.

Je traverse une partie de forêt. Je vois le corps d'un soldat français étendu mort, le visage enfoui dans les herbes. Le cadavre est affreusement défiguré. Maintenant, je vois des centaines, des milliers de corps massacrés. Beaucoup de blessés, ils sont incapables de se soigner, leurs traits sont enflés, ils sont livides et bouffis. Un anglais, complètement aveugle, une entaille à travers les yeux, se tient droit et murmure « Water ! Water ! De l'eau ! De l'eau !»,

Ces mots résonnent dans mes oreilles. Ils vont mourir de soif, sans aucun espoir d'être secourus. J'entends au loin, des coups de pistolet. Il m'est impossible de deviner la signification de ces coups de feu jusqu'à ce que je comprenne que des hommes tirent sur les chevaux blessés. Ils restent encore des milliers de ces montures qui galopent à travers de la plaine, fous de douleur de par leurs blessures, et qui piétinent les blessés à terre. Ceux-ci les voient venir, mais ne peuvent pas s'écarter de leur chemin. Ils poussent des cris perçants en s'efforçant de se recroqueviller le plus possible afin d'échapper aux sabots.

Je regarde, hébété, les tas de victimes qui s'étendent dans toutes les directions, partout où mes yeux peuvent se porter. Je ne peux rester sur les lieux. Je continue à marcher à travers les morts et les mourants, méditant sur les horreurs de la guerre. Soudain, je vois ce jeune Français, étendu sur le dos, apparemment proche de la mort. Quelques lettres ouvertes sont éparpillées autour de lui et il en tient encore une dans la main comme s'il voulait la lire jusqu'au dernier moment. Le jeune homme murmure le nom d'Annette, je l'entends, il bascule, il est mort.

Je ne vais par rejoindre l'armée, je vais repartir chez moi. On dira que c'est une désertion ! Mais c'est le salut de ma raison, le salut de mon âme de ne pas continuer cette guerre.

Chapitre 20. Hôtel des Colonnes, Mont Saint-Jean. Mai 1860.

– Il n'avait pas honte de nous raconter sa désertion. Il considérait avoir fait son devoir. Cette nuit-là, il avait atteint les limites du possible. Il ne pouvait plus continuer, il a donc pris le chemin du retour. Il a mis deux semaines pour parcourir les vingt lieues qui le séparaient de son village. Ce voyage lui fut salutaire, cela lui permit de réfléchir à ce qu'il avait vécu depuis des années, de comprendre que c'était fini pour lui de se battre, de comprendre qu'il devait se marier et fonder une famille. Les paroles de son cousin lui revinrent en mémoire. Il n'avait alors encore pris aucune décision, mais il m'a dit qu'il voulait se donner le temps de la réflexion, et voir comment la jeune fille le recevrait. De toute façon, il devait aller la voir et lui dire comment Pierre était mort.

– Vous éveillez ma curiosité, Monsieur Desmullier ! Que se passa-t-il ?

– Il arriva à Wattrelos début juillet, comme vous le savez, durant cette période, l'Empereur avait abdiqué le 22 juin, la chambre des Pairs[57] s'était arrogé des droits qu'elle ne possédait pas. Et avec Fouché à la manœuvre, ce fut un coup

---

[57] Chambre haute durant les deux restaurations, et les Cent-Jours, majoritairement hostile à Napoléon.

d'État contre l'Empire, avec la bénédiction du ministre et de ses alliés. L'Empereur voulait partir pour les États-Unis, avec deux frégates et quelques fidèles. On demanda un laissez-passer à Wellington, qui ne le donna pas. Il se rendit aux Anglais le 15 juillet, l'Empire n'existait plus. Mon oncle n'était pas informé des évènements, mais il m'a toujours dit qu'il pressentait le pire. Arrivé dans la ferme de sa famille, il se cacha durant plusieurs mois, des bandes ultraroyalistes pourchassaient les soldats et les officiers de la Grande Armée pour les exécuter sans jugement. La terreur blanche, tout aussi sanglante que la terreur révolutionnaire avait démarré. À partir de 1816, les choses se calmèrent, Ferdinand réapparut au grand jour. Il se décida enfin à aller voir Nathalie Destailleur, la petite fiancée de Pierre. Quand elle aperçut mon oncle, elle avait déjà deviné les évènements. Il m'a dit qu'il ne savait pas quoi lui dire ni comment lui dire. C'est elle qui l'incita.

– Il n'a pas souffert, n'est-ce pas ?

– Non, je l'ai vu tomber près de moi, touché d'une balle au cœur. On ne se quittait jamais, on faisait partie de la même compagnie du même régiment. Je crois qu'en tombant sur moi, il m'a entraîné dans sa chute, et m'a sauvé la vie. Toute la compagnie a été décimée. Je dois être le seul survivant. Je m'en veux, je n'ai pas pu l'enterrer, dignement, mais je lui avais fait une promesse, alors il fallait que je me sauve au plus vite, pour ne pas mourir.

– Je devine la promesse que Pierre t'a demandée.

Ils se marièrent le 18 mai 1825, longtemps après. Ils devaient faire leur deuil chacun de leur côté. De ce mariage Jean-Baptiste, le fils naquit en 1826, puis Charlotte en 1837. Nathalie mourut lors de la naissance du troisième en 1844, elle avait 40 ans. Il fut inconsolable. Il continua à vivre pour ses enfants, la petite charlotte, ma cousine, n'avait que 4 ans. Quelques mois après son mariage en 1854, il mourut. Il était parti rejoindre Pierre et ses compagnons de la Garde Impériale qui l'attendait depuis si longtemps.

Chapitre 21. Hôtel des Colonnes, Mont Saint-Jean. Mai 1860.

– Votre récit m'a bouleversé.

– J'ai continué à me renseigner, à me documenter et à poursuivre un devoir de mémoire sur ces évènements.

– Je comprends.

– J'ai encore quelques précisions à vous apporter, si cela vous intéresse.

– Je vous écoute.

– La mort du maréchal Ney est une honte. Malgré ses doutes et ses atermoiements, il avait mené l'une des plus belles charges de cavalerie de l'histoire, dans l'honneur et la bravoure. Même si Napoléon l'a désapprouvé un moment, elle réussit finalement et Wellington donna des ordres pour la retraite. Mais il lui fallait des renforts, il n'y en avait plus. Le général anglais le comprit et reforma ses bataillons, la bataille bascula en faveur des Anglais. Les carrés britanniques se reformèrent, les Prussiens arrivèrent. Ney voulait mourir, il le clama, il le souhaita, mais il échappa aux tirs, aux boulets, aux sabres. Il eut, ce jour-là, cinq chevaux tués sous lui, lors des charges. Il cherchait la mort, elle ne voulut pas de lui. Il n'avait plus la force de commander un corps d'armée important, Napoléon aurait dû le comprendre. Lors des accusations qu'il fit de l'attitude du maréchal de la Moskova, Davout le défendit en disant à l'Empereur qu'il s'était mis la corde au cou pour le servir.

En juillet 1815, Louis XVIII demande à Fouché, toujours lui, de dresser une liste d'officiers qu'on pourrait accuser de traîtrise puisqu'ayant rejoint Napoléon durant les Cent-Jours. Un seul nom de maréchal apparaît sur la liste Michel Ney. Il fut arrêté dans le Lot, où il s'était réfugié. Il arriva à Paris sous escorte le 19 août et incarcéré à la prison du Luxembourg. On voulut le délivrer, le sauver, le libérer, mais il refusa. Il voulait arrêter de lutter, son honneur était en jeu. Le conseil de la guerre qui devait juger le maréchal Ney, comprenait que des maréchaux de France, Il ne souhaita pas être jugé par ses anciens camarades. Il demanda à être jugé par les Pairs de France. Louis XVIII accepta. La Chambre jugea donc le maréchal. La défense aborda peu la discussion sur les faits. Elle porta son effort sur le droit. Le maréchal Davout avait signé avec la coalition ennemie, le 3 juillet une convention à Paris, dont l'un des articles spécifiait qu'aucune poursuite ne pourrait être exercée contre les officiers et soldats pour leur conduite pendant les Cent-Jours. La Chambre des Pairs, composée majoritairement de royalistes ultras décida pourtant d'interdire à la défense de développer cet argument. Ils déclarèrent donc Ney coupable d'avoir attenté à la sûreté de l'État, à la quasi-unanimité et réclamèrent la peine de mort.

Parmi ceux qui votèrent la mort, des maréchaux d'Empire : Sérurier, Kellermann, Pérignon, Victor et Marmot, Son épouse demanda en vain sa grâce auprès de Louis XVIII. Celui-ci lui dit qu'il était favorable à cette requête, mais que seuls Wellington ou la duchesse d'Angoulême, la fille de Louis XVI, pouvait prendre la décision. La maréchale alla alors demander la grâce à Wellington qui accepta tout d'abord, puis renonça devant les difficultés administratives. Elle alla voir ensuite la duchesse d'Angoulême, qui refusa sèchement. Le jour venu, il refusa qu'on lui bande les yeux et s'adressa aux soldats : « Camarades, tirez sur moi et visez juste !» Il tomba face contre terre et, conformément à la coutume, la dépouille resta quinze minutes seule.

Chapitre 22. Hôtel des Colonnes, Mont Saint-Jean. Mai 1860.

– Merci pour ces récits et ces témoignages, Monsieur Desmullier. Vous m'avez été d'une aide précieuse et rare.

– Je vais repartir demain, à la première heure pour mon village. Je n'ai plus le courage d'aller me recueillir sur ces lieux.

– Vous savez, je suis persuadé que ce retour, ces Cent-Jours, a fait entrer Napoléon dans la légende. Lors de son premier exil, Napoléon avait quitté la France très impopulaire. Le peuple le rendait responsable des nombreux morts de la campagne de Russie, de l'invasion de la France de 1814. Mais très vite la monarchie des Bourbons rétablie se rendit impopulaire auprès des Français, notamment en s'attaquant à l'héritage révolutionnaire français, dont Napoléon s'était toujours posé en garant. Lors de son retour, les Français l'ont accueilli en héros. Et puis, cela a donné vie au mythe. L'Empereur devenait dans l'inconscient français, comme éternel, jamais totalement vaincu.

– Vous avez raison ! Ah, j'oubliais de vous raconter ce que l'on a dit des intrigues de Fouché après la bataille de Waterloo. Car il avait préparé depuis longtemps, son plan.

C'est en vain que plusieurs plénipotentiaires, après l'abdication de Napoléon le 22 juin, essayèrent de négocier avec la coalition. Lafayette, d'Argenson, Sébastiani, Pontécoulant, Laforét, et Constant, furent nommés par le gouvernement provisoire et partirent le 24 juin au soir pour négocier la paix.

Averti par Fouché, Blûcher les arrêta à Laon, et ne leur délivra des passeports que le 26, pour aller trouver, à Heidelberg, les souverains étrangers qui ne voulurent même pas les recevoir. Devant le danger de troupes ennemies, qui pénétraient en France, la guerre fut déclarée nationale. L'école polytechnique, les Fédérés, la Garde nationale demandèrent à marcher contre l'ennemi. Masséna, que Fouché avait fait nommer pour les commander, et qui se laisse diriger par lui, indiqua qu'il ne fallait rien faire et qu'il fallait attendre les ordres. Fouché déclara aussi Paris en état de siège, ainsi personne ne sortit de la ville, la défense du pays était paralysée. La ville comptait cependant 120 000 soldats et 300 pièces de canon, 36 000 gardes nationaux, et 30 000 fédérés. Les décisions de Fouché suffirent pour tout neutraliser.

– Que voulait-il ?

– Le retour de Louis XVIII, et ainsi devenir le chef de son gouvernement ! Le 27 juin, au matin, devant un conseil restreint avec les bureaux des Chambres, Fouché et le maréchal Davoust déclarèrent que toute résistance était impossible, et qu'il ne restait plus qu'à rappeler Louis XVIII. Blûcher fut d'accord pour tromper de nouveau les plénipotentiaires du gouvernement provisoire, et déclara à Lafayette, que les Souverains voulaient laisser le peuple français décidait de son destin. Le gouvernement provisoire décida d'envoyer des émissaires pour demander à Blûcher une suspension d'armes. Blûcher refusa, précipita sa marche sur Paris, et arriva, dès le 30 juin, au lendemain du départ de Napoléon de la Malmaison où il s'était réfugié, après l'abdication, au pont du Pecq. Benjamin Constant écrivit à Fouché pour recommander de tenir une semaine à Paris, le temps de prendre contact avec les Anglais et mieux négocier la reddition. Fouché répondit que la chose était impossible, lui voulait négocier avec Blûcher.

– Pourquoi ?

– Wellington pouvait se laisser tenter pour ne pas accabler les Français et de les laisser choisir une constitution proche d'une monarchie parlementaire. Pas Blûcher, pour lui la France devait redevenir une monarchie absolue, il voulait détruire la révolution, la république, et l'Empire. Cependant, Grouchy arriva sur Paris avec 60 000 hommes qu'il avait pu rassembler après Waterloo. Soult, déjà acquis aux Bourbons, refusa le commandement en chef. C'est en vain que cette armée demanda le combat, en chantant la Marseillaise, les principaux généraux, Davoust, Oudinot, Soult, Masséna, voulaient se rendre. Fouché avait rendu inutile la défense de Paris, en empêchant ou négligeant de fortifier le sud, et en faisant livrer le pont du Pecq, qui permettait le passage sur la rive gauche de la Seine. Blûcher passa la Seine et vint entourer Paris par le sud, tandis que Wellington, amenant le Comte d'Artois, vint l'entourer par le nord.

Le 30 juin, dans une réunion entre les principaux Maréchaux, ceux-ci proposèrent la capitulation. Le Maréchal Lefebvre, les Généraux Gazan, Delaborde, Dejean, se récrièrent contre cette décision. Le 1er juillet, dans une nouvelle conférence entre les Bureaux des Chambres, et les Maréchaux, ils demandèrent de nouveau la capitulation. Le soir, Soult, Davoust et Fouché rédigèrent un procès-verbal qui invitait le gouvernement provisoire à capituler.

– Et personne pour empêcher cela !

– Si, l'armée ! Le général Excelmans voyant les Prussiens sur la rive gauche, cria à la trahison. Il les combattit le 2 juillet, à Versailles, et détruisit plusieurs régiments. Fouché, effrayé de la tournure des évènements, demanda à Blûcher et Wellington de ne pas humilier davantage l'armée française. Lui, se faisait fort de l'éloigner de Paris, et ainsi permettre le retour de Louis XVIII. Il leur demanda aussi de ne pas rentrer dans Paris de suite, pour ne pas humilier les Parisiens. Fouché signa, le 3 juillet, au soir, avec Blûcher et Wellington, une capitulation dans laquelle l'armée française devait évacuer la capitale et se retirer derrière la Loire. Le 4 juillet, la Chambre, à qui Fouché avait envoyé les proclamations et la capitulation, vota des remerciements à l'armée, et adopta une déclaration de droits pour préserver l'honneur de celle-ci. Aucun soldat, sous-officier, officier ayant combattu durant la campagne de Belgique sous les ordres de l'Empereur ne devait être poursuivi ou inquiété. Le 5 juillet, la chambre adopta une déclaration qui précisait que les troupes des puissances alliées allaient occuper la capitale. Elle déclara aussi qu'elle croyait aux principes de morale et d'honneur, des coalisés, et sur leur respect pour maintenir l'indépendance de la Nation. Dans les jours qui suivirent, la chambre discuta de la forme de la nouvelle constitution.

– Fouché ne pouvait tolérer cela !

– Exact ! Durant ces palabres, Fouché s'empressa de proclamer qu'il s'était rendu auprès des Généraux, des ministres étrangers, et du Comte d'Artois, et que ceux-ci lui avaient déclaré que les Puissances s'étaient engagées à replacer Louis XVIII sur le trône. Il ajouta que les Tuileries étaient occupées par les troupes étrangères, et que le Gouvernement provisoire était dissous. Le 8 juillet, la Chambre des représentants était occupée par les Prussiens. Elle avait voulu, après l'Empire, que la France se dote d'une constitution parlementaire pour éviter le retour d'une monarchie absolue, mais Fouché en avait décidé autrement.

– Et l'armée ?

– La capitulation la désespéra et la mit en fureur contre ces maréchaux qui l'avaient trahie. Dans certains régiments, on voulait le massacre les traîtres. Des soldats brisèrent leurs armes et déchirèrent leurs uniformes. Quelques Généraux et Colonels pensèrent livrer bataille sans reconnaître la capitulation. Les Fédérés parlèrent aussi de s'emparer de Montmartre et d'attaquer. Là aussi, Fouché fut à la manœuvre, sa police répandit les rumeurs que les soldats voulaient piller et brûler Paris. Le 7 juillet, l'armée ennemie entra brusquement dans la capitale, se rangea en bataille sur toutes les places et dans les principales rues, braqua ses canons sur tous les ponts, et campa dans tous les jardins publics. Ce fut le moment où les bandes de royalistes apparurent avec leurs mouchoirs blancs, leurs cocardes blanches, leurs drapeaux blancs, et crièrent : « Vive les Alliés ». Le 8 juillet, le Roi, ramené par les étrangers, rentra aux Tuileries, après qu'une ordonnance, contresignée par le Prince de Talleyrand, rappelait tous les fonctionnaires royalistes, et faisait remplacer tous ceux qui avaient servi l'Empereur.

– Ainsi, c'est Fouché qui rétablit la Restauration !

– Mais aussi Talleyrand, et beaucoup de Maréchaux ! Oui, la seconde Restauration commença ! Les Bourbons étaient de nouveau imposés par la force, par les régiments étrangers et par la trahison. Les principaux ministres furent nommés Fouché, Talleyrand, Pasquier, l'abbé Louis. Davoust conserva le commandement de l'armée. Dans toutes leurs proclamations, les Coalisés avaient déclaré qu'ils n'étaient armés que contre Napoléon, et qu'ils n'entraient en France que comme alliés et amis du Peuple français. Ils avaient promis une constitution et la liberté. Toutes ces promesses furent violées, mais qu'attendre des ennemis que la France avait combattus depuis plus de 20 ans. Ils voulaient maintenant partager le pays, vivre dessus et se payer sur ses richesses. Le 26 novembre, ils garantissaient le trône aux Bourbons, et imposèrent l'occupation de la France pendant cinq années, par 150 000 de leurs soldats, sans permettre à notre pays d'avoir plus de 22 700 hommes dans l'armée. Louis XVIII qui leur devait tout, accepta, ne protesta pas, il eut la lâcheté de tout leur accorder. Les frontières d'avant 1792 furent rétablies. Ils nous condamnèrent à leur payer deux milliards pour les frais de guerre et la solde de leur armée d'occupation. Sur leur demande, Louis XVIII licencia l'armée française. Il leur livra nos arsenaux, nos ports, nos forteresses. Il consentit à ce que le Royaume des Pays-Bas fût créé et que de nouvelles forteresses y soient construites, avec notre argent, pour nous menacer sur les frontières du Nord. Il nomma le prince Allemand de Hohenlohe, Pair et Maréchal de France. Il décora Wellington du collier de l'ordre, et le nomma Maréchal de France. Les journaux anglais titrèrent alors que la France était devenue une province de l'Empire britannique.

– La terreur blanche allait commencer !

– Oui, Monsieur Hugo. À Marseille, à l'annonce de la défaite de Waterloo, les royalistes massacrèrent les Mamelucks de la Garde Impériale, les militaires, et les citoyens favorables à l'Empire. Partout les hommes qui s'étaient battus à Waterloo furent traités de brigands, poursuivis et traqués. On demanda aux soldats étrangers de les désarmer, de les maltraiter, et de les piller. On assassina publiquement le Maréchal Brune à Avignon, le Général Ramel à Toulouse, le Général Lagarde à Nîmes, et on fit des milliers d'autres victimes. Le 24 juillet, c'est Fouché, à la demande de Louis XVIII, qui dressa la liste des principales victimes. Carnot, et 17 Généraux furent livrés à des commissions militaires pour être condamnés à mort par des Émigrés et des chouans, Ney en faisait partie. Une foule de conspirations et d'insurrections provoquées par la police de Fouché furent noyées dans le sang. Le trésor public fut pillé, les émigrés, les Vendéens, les Chouans, reçurent la solde de leurs grades depuis 20 ans, des pensions et s'adjugèrent un milliard pour indemnité de leurs biens vendus.

– Oui, Monsieur Desmullier. La république allait être en sommeil pour longtemps.

Le 30 juin 1861, Victor Hugo apposa le mot FIN à son roman « Les misérables », et précisa « Mont-Saint-Jean, le 30 juin 1861, 8h30 du matin »

Annexe 1 : La berline de l'Empereur.

Napoléon se déplaçait à cheval sur le champ de bataille, mais pour de longues distances il préférait sa berline qui lui permettait de travailler pendant le voyage.

Berline de l'Empereur avant sa destruction en 1925 dans un incendie.

Napoléon quitta Paris pour la campagne de Belgique le 12 juin 1815 dans une berline, appelée « dormeuse » qui comprenait un lit et un secrétaire avec de quoi écrire, conçu pour les longs voyages, et un landau plus léger. Le 18, il laisse la voiture légère, et la plupart de ses affaires à la ferme du Caillou, son quartier général, non loin du Mont Saint-Jean. La berline est placée près des carrés des régiments de la Garde, à la ferme du Mont Saint-Jean. Il est à cheval au moment de la bataille. Le soir après la défaite et la fuite de l'armée française, Napoléon, entouré de quelques fidèles, veut partir dans sa berline, où il avait laissé ses affaires. Elle n'était plus là, emportée par les Prussiens, qui avaient dérobé ce qu'elle contenait et notamment des bijoux, son sabre, ses décorations et ses affaires de rechange. . Les autres voitures de sa suite essayent de reprendre la route, mais devant l'avancée rapide des Prussiens, elles sont abandonnées, ses occupants se fondent sur la route avec les fuyards. Le sceau de l'Empereur est abandonné. Celui-ci gagne la commune de Charleroi à cheval, entouré de quelques généraux. Ainsi, après avoir voulu mourir au Mont Saint-Jean, mais empêché par certains fidèles, il arrive à s'échapper et à regagner Paris.

Toutes les affaires volées furent envoyées en Angleterre, notamment cette berline qui fut par la suite revendue et se retrouva exposée au musée Tussaud, à Londres, où elle fut détruite par un incendie en 1925. Blûcher récupéra de nombreux objets, dont le chapeau, l'épée, les décorations, qui passèrent ensuite des musées prussiens aux mains des nazis, puis des Russes. Les bijoux ne furent jamais retrouvés.

Annexe 2 : Les conséquences de la bataille des Quatre Bras.

Bataille des Quatre Bras

Les avis sur les conséquences de cette bataille sont partagés. Le soir du 16 juin 1815, Wellington ne sait pas encore que Blücher a perdu à Ligny. Il envoie des ordres pour que le 17 au matin, il puisse se rendre compte de la situation et prendre des décisions. Il doute et ne sait que faire, poursuivre le combat pour battre Ney, ou se replier sur le mont Saint-Jean avec Blücher pour attendre Napoléon. Le matin du 17, on lui apprend la défaite des Prussiens, c'est décidé, il se retire en bon ordre sur la colline, attendant Blücher qui devrait le rejoindre. Napoléon ne soupçonne pas un instant que Wellington va faire une retraite stratégique et abandonner le carrefour des routes qu'il occupe. C'est un choix tactique et stratégique hors de sens. Il pense que Ney pourra contenir les troupes britanniques, jusqu'à ce qu'il arrive avec le gros des troupes le 17, la position devenant un piège mortel pour Wellington. C'est cette erreur qui lui permettra cependant de gagner le 18, à Waterloo. Il oblige l'armée française à le poursuivre, permet aux troupes prussiennes de se regrouper et à Bülow de rejoindre la position du mont Saint-Jean. C'est alors que Napoléon comprend que cette armée prussienne peut le priver d'une victoire totale, c'est pour cela, que tard dans la journée du 17, il envoie Grouchy les poursuivre et ne pas les perdre de vue, privant ainsi la Grande Armée d'un tiers de ses troupes. On pourrait conclure, n'en déplaise à la mémoire du « héros britannique », que son erreur le sauva.

« D'abord sans la trahison d'un général qui sort de nos rangs pour avertir l'ennemi, je dispersais, je détruisais toutes ces bandes, sans qu'elles eussent pu se réunir en corps d'armée. Puis, sur ma gauche, sans les hésitations inaccoutumées de Ney, aux Quatre Bras, j'anéantissais toute l'armée anglaise. Enfin sur ma droite, les manœuvres inouïes de Grouchy, au lieu de me garantir une victoire certaine, ont consommé ma perte et précipité la France dans un gouffre. »

Napoléon Bonaparte, Mémoires Sainte-Hélène.

Annexe 3 : Lettre du maréchal Ney à Fouché, Duc d'Orante, Président du gouvernement provisoire

Monsieur le Duc,

Les bruits les plus diffamants et les plus mensongers se répandent depuis quelques jours dans le public, sur la conduite que j'ai tenue dans cette courte et malheureuse campagne : les journaux les répètent et semblent accréditer la plus odieuse calomnie. Après avoir combattu pendant 25 ans, et versé mon sang pour la gloire et l'indépendance de ma patrie, c'est moi que l'on ose accuser de trahison, c'est moi que l'on signale au peuple, à l'armée même, comme l'auteur du désastre qu'elle vient d'essuyer !

Forcé de rompre le silence, car s'il est toujours pénible de parler de soi, c'est surtout lorsque l'on a à repousser la calomnie, je m'adresse à vous, M. le duc, comme président du gouvernement provisoire, pour vous tracer un exposé fidèle de ce dont j'ai été témoin.

Le 18, la bataille commença vers une heure, et quoique le Bulletin qui en donne le récit ne fasse aucune mention de moi, je n'ai pas besoin d'affirmer que j'y étais présent. Vers sept heures du soir, après le plus affreux carnage que j'aie jamais vu, le général Labédoyère vint me dire de la part de l'empereur que M. le maréchal Grouchy arrivait à notre droite. Il attaquait la gauche des Anglais et des Prussiens réunis. Cet officier général, en parcourant la ligne, répandit cette nouvelle parmi les soldats, dont le courage et le dévouement étaient toujours les mêmes, et qui en donnèrent de nouvelles preuves en ce moment, malgré la fatigue dont ils étaient exténués. Cependant quel fut mon étonnement, je dois dire mon indignation, quand j'appris, quelques instants après, que non seulement M. le maréchal Grouchy n'était pas arrivé à notre appui, comme on venait de l'assurer à toute l'armée, mais que quarante à cinquante mille Prussiens attaquaient notre droite, et la forçaient de se replier !

Peu de temps après, je vis arriver quatre régiments de la moyenne garde, conduits par l'empereur en personne, qui voulait, avec ces troupes, renouveler l'attaque et enfoncer le centre de l'ennemi. Il m'ordonna de marcher à leur tête avec le général Friant : généraux, officiers, soldats, tous montrèrent la plus grande intrépidité. Mais ce corps de troupe était trop faible pour pouvoir résister longtemps aux forces que l'ennemi lui opposait, et il fallut bientôt renoncer à l'espoir que cette attaque avait donné pendant quelques instants. Le général Friant a été frappé d'une balle à côté de moi ; moi-même, j'ai eu mon cheval tué, et j'ai été renversé sous lui. Les braves qui reviendront de cette terrible affaire me rendront, j'espère, la justice de dire qu'ils m'ont vu à pied, l'épée à la main, pendant toute la soirée, et que je n'ai quitté cette scène de carnage que l'un des derniers, et au moment où la retraite a été forcée.

Cependant les Prussiens continuaient leur mouvement offensif, et notre droite pliait sensiblement : les Anglais marchèrent à leur tour en avant. Il nous restait encore quatre carrés de la vieille garde, placés avantageusement pour protéger la retraite ; ces braves grenadiers, l'élite de l'armée, forcés de se replier successivement, n'ont cédé le terrain que pied à pied, jusqu'à ce qu'enfin, accablés par le nombre, ils aient été presque entièrement détruits. Dès lors le mouvement rétrograde fut prononcé, et l'armée ne forma plus qu'une colonne confuse ; il n'y a cependant jamais eu de déroute ni de cris sauve-qui-peut, ainsi qu'on en a osé calomnier l'armée dans le Bulletin. Pour moi, constamment à l'arrière-garde que je suivis à pied, ayant eu tous mes chevaux tués, exténué de fatigue, couvert de contusions, et ne me sentant plus la force de marcher, je dois la vie à un caporal de la garde qui me soutint dans ma marche, et ne m'abandonna point pendant cette retraite. Vers onze heures du soir, je trouvai le lieutenant général Lefebvre-Desnouettes. L'un de ses officiers, le major Schmidt, eut la générosité de me donner le seul cheval qui lui restât. C'est ainsi que j'arrivai à

Marchiennes-au-Pont, à quatre heures du matin, seul, sans officiers, ignorant ce qu'était devenu l'empereur que, quelque temps avant la fin de la bataille, j'avais entièrement perdu de vue, et que je pouvais croire pris ou tué.

Le général Pamphile Lacroix, chef de l'État-major du deuxième corps, que je trouvai dans cette ville, m'ayant dit que l'empereur était à Charleroi. Je dus supposer que S.M. allait se mettre à la tête du corps de M. le maréchal Grouchy, pour couvrir la Sambre, et faciliter aux troupes les moyens de se rallier vers Avesnes, et, dans cette persuasion, je me rendis à Beaumont. Mais des partis de cavalerie nous suivant de très près, et ayant déjà intercepté les routes de Maubeuge et de Philippeville, je reconnus qu'il était de toute impossibilité d'arrêter un seul soldat sur ce point, et de s'opposer aux progrès d'un ennemi victorieux. Je continuai ma marche sur Avesnes, où je ne pus obtenir aucun renseignement sur ce qu'était devenu l'empereur.

Dans cet état de choses, n'ayant de nouvelles ni de S.M., ni du major général, le désordre croissant à chaque instant et, à l'exception des débris de quelques régiments de la garde et de la ligne, chacun s'en allant de son côté, je pris la détermination de me rendre sur-le-champ à Paris, par Saint-Quentin, pour faire connaître le plus promptement possible au ministre de la guerre la véritable situation des affaires.

À mon arrivée au Bourget, à trois lieues de Paris, j'appris que l'empereur y avait passé le matin à neuf heures.

Maintenant, je le demande à ceux qui ont survécu à cette belle et nombreuse armée : de quelle manière pourrait-on m'accuser du désordre dont elle vient d'être victime, et dont nos fastes militaires n'offrent point d'exemple ? J'ai, dit-on, trahi la patrie, moi qui, pour la servir, ai toujours montré un zèle que peut-être j'ai poussé trop loin et qui a pu m'égarer ; mais cette calomnie n'est et ne peut être appuyée d'aucun fait, d'aucune circonstance, d'aucune présomption. D'où peuvent cependant provenir ces bruits odieux qui se sont répandus tout à coup avec une effrayante rapidité ? J'attends de la justice et de son obligeance pour moi qu'elle veuille bien faire inscrire cette lettre dans les journaux, et lui donner la plus grande publicité.

Je renouvelle à V. Exc., etc., Le maréchal, Prince de la Moskova. Paris, le 26 juin 1815.

On lui reprochait d'avoir trahi les Bourbons, il se défendait en disant qu'il avait servi la France. Il sera fusillé le 7 décembre 1815.

Note de l'auteur.

Charles Dantzig, écrivain et éditeur français, écrit dans son « Dictionnaire égoïste de la littérature française », qu'il est impossible d'écrire un bon roman historique ou alors il n'est pas historique.

Mais que dire d'un roman historique qui puise aussi ses racines dans la généalogie.

On peut définir celle-ci comme la discipline qui a pour objectif la recherche de l'origine et l'étude de la composition des familles. Mais, l'important n'est pas de mettre des noms d'ancêtres, avec leurs prénoms, leurs dates de naissance et les prénoms de tous leurs enfants, mais bien de rechercher et de comprendre la vie de ceux-ci.

Alors quand on découvre que l'on est un descendant à la 6e génération d'un certain Pierre François Desmullier, né en 1741, habitant la commune de Wattrelos, près de la frontière belge, et dont l'un des fils Ferdinand est enrôlé en 1809 dans la Grande Armée de Napoléon, on se pose des questions, et l'on recherche et imagine sa vie.

Bibliographie, Référence, Essais, et Œuvres.

- La vie militaire sous le Premier Empire, d'Elzéar Blaze, 1837.
- Histoire populaire de la Révolution française, Cabet, 1840.
- Histoire des deux restaurations, Achille de Vaulabelle, 1837
- Souvenirs du capitaine Desboeufs, Charles Desboeufs, 1842
- Campagne de 1815, Général Gourgaud, 1818
- Campagne et Bataille de Waterloo, Achille de Vaulabelle, 1853
- Les mémoires de Napoléon, édité après sa mort en 1827.
- La chute de l'Empire, Achille de Vaulabelle, 1854
- Mémoires du maréchal de Grouchy, édité par son fils Marquis de Grouchy, 1873.
- Histoire de la campagne de 1815, Edgar Quinet, 1862
- Lettres de Guillaume Peyrusse durant les campagnes, 1809-1815, 1894
- La vie militaire sous le Premier Empire, Blaze, 1835
- Joseph Fouché, espion, par Agricola, 2005.
- Les espions de Talleyrand, par Pierre Branda, 2014.
- Les mémoires de Joseph Fouché, duc d'Otrante, 1824.
- Napoléon au bivouac, De Saint Hilaire, 1845

- Mémoires politiques sur la campagne de 1815, Napoléon Bonaparte, 1821
- Les misérables, Victor Hugo, Tome 2 Cosette. Édition de 1881.

Dépôt légal juin 2018, ISBN : 979-10-94133-27-9
JMB EDITIONS
Couverture © **Matthias Becquet**
Prix 9,50 €